U0113721

民国趣读

老南开

只言片语间，写活大师们的风骨、气概和洒脱；不着一字评价，尽现百年南开历史的魅力与传奇。

中国文史出版社

# 本书编辑组

主　　编：韩淑芳

本书执行主编：张春霞

本书编辑：牛梦岳　高　贝　李军政　孙　裕

允公允能，日新月异

———南开大学校训

# 目录

## 第一章
### "南开之父"张伯苓

## 第二章
### 南开大学名师堂

# 第三章
## ── 校史与院系设置

# 第四章
## 回想南开大学的校园生活

# 第五章
## —— 漫谈校风与校制 ——

# 第六章
## —— 社团与革命 ——

第一章

『南开之父』张伯苓

## ❖ 何廉：初见张伯苓校长

1926年7月中旬，我刚到达天津不久就去校长办公室拜谒张伯苓校长，他十分热情地接待了我，我立即被他的堂堂仪表所吸引，因为他比一般的中国人都要高大魁梧得多。当时他约为五十岁，神采奕奕，生气勃勃。多年来，我与他的交往发展到十分亲密的程度，对于他的为人，我了解的也比较多了，张伯苓成了鼓舞我工作的动力。他的语言质朴、真诚、恳挚，他是

▷ 何廉

个著名的有感染力的演说家。然而在私人交谈中，他总是全神贯注地听着，很少开口。该他说话的时候，他就直截了当地表明自己的观点；回答别人的提问，非常认真仔细。他把权力下放给各系教师与行政人员，可是从不推卸自己的责任。尽管他克勤克俭，为了学校花钱，他却决不怕超过预算允许的范围。凡是为扩展学校而进行新的筹划的时候，资金的匮乏决不会妨碍他把规模设想得更宏大一些，对未来他总是乐观的。

《我在南开大学的前十年》

## ❖ 刘兆吉："私立学校不是私有学校"

张伯苓校长所以任人唯贤，而不是
任人唯亲，是有其思想基础的。他常
说："学校不是校长的学校，是大家的
学校。"又说："私立学校不是私有学
校。"他是这样说的，也是这样做的。
南开的骨干教师和主要行政人员，都
是来自五湖四海，有些过去曾是他的
学生，但他是以"公""能"为标准择
优聘任的。张校长与他们是在热爱教

▷ 刘兆吉

育事业，志同道合的思想基础上形成的同事关系。有些有校友或
亲友关系的教职员，如果不能认真负责，工作一再失误，屡劝不
改，他也会毫不留情地解除聘约。对学生的录取、留级、退学等
处分也一视同仁。如在抗战时期，重庆是陪都，国民党军政官员
云集，他们都希望把子女送进南开中学读书，考不取便千方百计
托人说情，想法挤进来。但张校长和喻副校长，不畏权势，坚持
原则，择优录取。只有一个可以通融的办法，就是取一部分旁听
无学籍学生。那些没有达到录取标准的学生要求入学，家长要交

加倍的学费或更多的捐赠（南开是私立学校，自筹资金，取之于私，用之于公），便准其入学旁听，但无学籍。一学期满，经考试、考查，学业、操行都及格的，才改为正生；如不及格就令其退学或继续旁听，一年后重新参加新生考试。多收点学费，并非敛财肥私，而是为了办好学校；还可抽出一部分作贫寒学生减免学费和奖学金之用。张校长一贯反对贪污浪费，提倡廉洁奉公，这是铁的事实证明了的。

*《我心目中的张伯苓校长》*

## ❖ 胡适：教育机关应当常常欠债

南开开办之初，基地不过两亩，不到几年，即在附近添购一百亩以上，以供扩充。南开大学系于1919年正式开学，设文、理、商三科，翌年增设矿科。经济研究所则系于1931年设立。下一年又增设化学研究所。南开中学女子部则系于1923年设立。并于1928年设立实验小学。到了1932年，南开已完成了五个部门，即大学部、研究院、男子中学、女子中学及小学。在毁于日军的前几年，学生总数已达三千人。

南开之有此成绩，须归功于张伯苓先生之领导，这是尽人皆知的事实。他常对友人说：一个教育机关应当常常欠债。任何学校的经费，如在年终，在银行里还有存款，那就是守财奴，失去了用钱做事的机会。他开办学校可说是白手起家，他不怕支出超过预算。他常是不息的筹谋发展新计划，不因缺少经费而阻断他谋发展的美梦。他对前途常是乐观的。他说："我有方法自骗自。"其实就是船到桥头自然直。结果呢，确是常常有人帮助他实行新计划。

《教育家张伯苓》

## ❖ 胡适：以教育救国为己任

张氏（张伯苓）为一热心爱国的人，他以教育救国为终身事业，他的教育学说归纳为"公能"两字，他就以此为南开校训。张氏既以教育救国为职志，对于日本在东北的野心，常常觉得忧惧。1927年，他亲自到东北去调查，回来后即在南开大学组织东北问题研究会，并且还派遣教授数人赴东北考察。

▷ 胡适

"九一八事变"果然爆发，"七七事变"后，平津相随沦陷，南开大学、中学也就因为平常爱国抗日的缘故，于1937年7月29、30两日给日军以轰炸机炸毁。其时张校长在南京，蒋委员长闻讯，即安慰他说："南开为国家牺牲了，有中国即有南开。"

▷ 南开大学东门

▷ 1923 年冬，杨石先（右二）在南开大学西村
与张伯苓校长（左三）等人合影

南开被毁不久，他的爱子锡祜即在空军中驾驶轰炸机赴前线作战，不幸在江西山中失事殒命。锡祜系于三年前毕业于航空学校，在行毕业礼的时候，张氏曾代表空军毕业生家长发表激励的演说，当他听到爱子噩耗，静默一分钟后，说："我把这个儿子为国牺牲，他已经尽了他的责任了。"

《教育家张伯苓》

## ❖ **胡适：** 有效的教育改革

　　张氏在他的《自传》里说："南开学校诞生于国难，所以当以改革旧习惯，教导青年救国为宗旨。"他还说中国的弱点有五：一、体弱多病；二、迷信，缺乏科学知识；三、贫弱；四、不能团结；五、自私自利。

▷ 张伯苓

　　张氏为改良中国的弱点，因而提出五项教育改革方针。他主张新教育：第一，必须改善个人的体格，使宜于做事；第二，必须以现代科学的结果和方法训练青年；第三，必须使学生能组织起来，积极参加各种团体生活，共同合作；第四，必须有活泼的道德修养；第五，必须感化每一个人都有为国宣劳的精神。

由今日视之，这些不免是老生常谈，然而张氏使这些精神贯注于其学校的生活，成为不可分离的部分，实在是张氏办教育的极大成就。

此外，除教会学校之外，南开在中国人自办的学校中间，以体育最出名、最有成绩，无论在全国运动会或远东运动会，南开的运动选手成绩都很好。自1920年来，张氏在迭次全国运动会中被聘为裁判长。这些都得力于他终身提倡体育及在各种运动比赛中注重运动道德的缘故。南开还以训练团体生活共同合作著称。南开最有名的学生活动，就是他的新剧社。早在1909年，张氏即已鼓励学生演剧了。他还亲自为他们写作剧本，指导他们表演。他还以校长身份不惜担任剧中主要角色，使外界观之惊骇不置，认为有失体统。后来，他的胞弟张彭春先生在哥伦比亚大学研究文学和戏剧归国，接受他的衣钵，导演几本新剧，公演成绩非常可观。易卜生的《傀儡家庭》和《人民的公敌》，由张氏导演，极得一般好评。

*《教育家张伯苓》*


❖ **梁吉生：**天津新式教育的先驱

张伯苓是天津新式教育的先驱者，被胡适称为"中国现代教育的一位创造者"。他办学伊始，即以凌厉的锐气和喷薄的活力，变革封建传统教育，倡导新式教育。1904年，在严修、王益孙等人强力支持下，创办南开中学，这是南开教育的滥觞。张伯苓以先进的教育理念，确立了一种德育为本、三育并进而不偏废的教学模式，形成了一套行之有效的行政管理办法，建设了一支敬业奉献、教书育人的师资队伍，培育了一种团结向上、开拓创新的文明校风，不仅在天津中等教育中成为佼佼者，而且很快步入全国名校行列，被誉为"南有扬州中学，北有南开中学"。就连梁启超都说："假若全国学校悉如南开之负盛名，则诚中国之大幸。"中华民国成立以后，张伯苓等从天津经济社会发展的需要出发，相继成立南开大学（1919年）、南开女中（1923年）和南开小学（1928年），初步形成了从小学到科学研究机构的系列教育体系。南开大学的建立是天津高等教育发展的一个里程碑。它是适应天津民族工商业兴盛发展建立起来的天津第一所包括文、理、商多学科的综合性大学，填补了天津高等教育类型的一个空白。美国著名大学高度评价张伯苓的教育行为，称其"以坚定的信仰和毫不动摇的意志献身教育，振兴中华，是全国自信的象征"。

南开大学以开放办学的理念，坚定地推动这所高等学府"能与英国之牛津、剑桥，美国之哈佛、耶鲁并驾齐驱，东西称盛"。这不独是南开的愿望，同时也显示了天津建设国际一流大学的决心和气魄。南开大学建校初期，就从美国约聘了一批留学有成的中国青年学者，由他们秉承学术自由、教授治校的精神进行文、理、商各学科建设。这些学者中包括了后来成名的学术大师，如姜立夫、饶毓泰、邱宗岳、杨石先、张克忠、李济、竺可桢、蒋廷黻、萧遽、张忠绂、汤用彤、萧公权、何廉、方显廷、陈序经等。这些学者雄姿英发，挥斥方遒，学术思想活跃，不仅成就了南开大学早期学科的先进水平，而且也给天津带来了科学文化的繁荣，提升了天津新文化的水准，塑造了20世纪二三十年代天津的文化精神。

《教育家张伯苓》

## ❖ 梁吉生：重视培养人才

培养人才的问题，是教育的根本问题。张伯苓很早就明确提出，造就之人才要合乎国家之需要，合乎社会之需要，将来有转移风俗、刷新思潮、改良社会之能力，"去改造旧中国，创造新中国"。他从这一教育目的出发，提出了新的人才观，要求学生德智体三育并进，不可厚此薄彼，强调学校教育"熏陶人格是根本"，首先要求学生从举止言行开始养成文明习惯。针对当时天津

▷ 穿军服的张伯苓

赌博、早婚、吸毒、冶游（嫖妓）等社会陋习，南开规定了严格的纪律、制度，同时要求学生树立良好的社会公德，带头作良好风气的表率。实践证明，张伯苓这种德育为先的人才观，收到了明显的教育效果，不但为学生个人奠定了良好的做人基础，而且带动了天

津良好社会风气的形成。那时，每当南开学生走在天津街头，清新文明的个体形象，便引起普通民众的啧啧称道。

《教育家张伯苓》

## ❖ 梁吉生：移风易俗的实践者

张伯苓是社会新文化的倡导者，也是移风易俗的实践者。当清朝末年，天津的士大夫、读书人、学生还是宽袍博带，留着长指甲，迈着方步的时候，他已觉悟到身体锻炼的重要，冒着当时的大不韪，把近代西方体育引进古老的塾馆教育，带领他的学生，跳高、跳远、踢球、赛跑。后来他还组织了天津市体育协会，举办天津市运动会，率领天津市运动员参加华北地区、全国运动会及远东运动会，成为天津体育运动的开创者。当天津城乡刚刚出现新型教育曙光的时候，张伯苓和南开的教师就带领学生拿着理化仪器到市内民众教育馆去表演"科学把戏"，进行科学普及宣传，对民众进行科学启蒙。在天津乃至中国还是对"性"严重封闭和禁忌的时候，他不怕落个"买春先生"的骂名，毅然对青少年学生开展青春期教育，以公开传授生理知识，引导学生打破"性神秘"感，克服"手淫"等"纵欲伤身之害"。早在清末民初，张伯苓就主张新式婚姻。他积极支持胞妹张祝春与马千里的自由恋爱和文明结婚，成为当时轰动天津的一大移风易俗新闻。张伯苓还是天津废娼运动的积极推进者，是天津废娼期成会理事，反对嫖娼，主张娼妓还俗。"大烟馆"曾经是旧天津的一个城市毒瘤，外国租界地内烟馆林立，毒害中国民众，天津市政当局视而不见，不敢问责。张伯苓作为天津禁烟会的会长，敢于到天津各国租界里去搜缴鸦片烟，把烟土、烟具拉到南开大操场当众焚毁，大快人心，大长中国人志气。

《教育家张伯苓》

## ❖ 梁吉生：话剧第一人

在旧社会，天津虽然戏院林立，京剧爱好者很多，但演员社会地位很低。唱戏的属于下九流，排在娼妓后面，有所谓"娼优"之说，士大夫阶级有谁肯与艺人为伍？如果有所接触也只是玩弄而已。但是，张伯苓却和艺人们交朋友，梅兰芳、程砚秋、郝寿辰都是张伯苓敬重的朋友。他把梅兰芳请到南开，陪他参观校园，与他合影，照片还挂在照相馆里。正如黄钰生先生所说："一个大学的校长真格的和戏子们做分庭抗礼的朋友，在当时，士林谁不讥笑？但是张校长却作了士林的反叛，以身作则地和封建意识作不妥协的斗争。"张伯苓还是天津话剧的开山者，早在清末（1909年）他就自编自导自演了话剧《用非所学》，组织师生演出，他还饰演剧中的主角。这在当时是惊世骇俗、冒犯师道正统的大事。曹禺后来说过："张伯苓主张搞新剧很不容易。那时有人认为搞新剧是下流的，可张伯苓却认为新剧与教育有关。"《用非所学》共分3幕，写了一个从外国学工程学归国的留学生，抱着"工程救国"的梦想，想在国内实现自己的报国之志，但在封建势力的诱惑下，最终与官场同流合污，由此说明在封建统治下，科学技术得不到重视，知识人才不能用其所学。这出话剧，在清王朝行将寿终正寝时演出，具有很强的社会现实意义。张伯苓被称为"话剧第一人"。由此发端，张伯苓以南开为实验场，组织"南开新剧团"，编演话剧，在京津地区产生了强烈反响，受到当时文化界名流学者，如陈独秀、胡适、鲁迅、高一涵、梅兰芳等好评。同时，话剧的演出也在南开校园形成了良好的文化艺术氛围，培育了学生的人文素养，引导许多学生走上文艺之路，如曹禺、靳以、金焰、周汝昌、端木蕻良、韦君宜、黄宗江、沈湘、楼乾贵、资华筠等，都成了从天津走向全国的著名文学艺术家。

《教育家张伯苓》


## ❖ 梁吉生：名义上的"借助费"

南开不巧立名目乱收费。南开的学宿费比一般学校高，但这是公开的，明确通知家长的，而且公开地设有免费名额，家庭经济困难的都可以获得免收学费或学宿费待遇。另外学校还规定："凡品学兼优之学生，家境实不裕者，托认真负责之保证人二，经学校认可，学杂费项可以借助，卒业后六年还清。"名义上"借助费"要还，实际上学校并没有向毕业的借费生讨还过这笔借款。有一位借费生工作后曾为此事请示张伯苓，几时归还。张伯苓爽朗地答道，免费和借费基本上是相同的。借费比免费起更好的作用。借费生有压力，必须加倍努力，认真读书，以取得好的成绩。他还说，学校从未要求借费生毕业后偿还过借费。用借费的办法鼓舞和奖励一些学生，这是张伯苓的一个发明。对于一所私立学校，能下决心采取这一措施，是难能可贵的。

《教育家张伯苓》

## ❖ 肖获：从不欠薪的校长

当时，许多"官立"学校常因捉襟见肘，发生教员索薪纠纷。南开各校是私立，却从不欠薪。不仅如此，当南开大学有名的一些教授，如当代数学家陈省身、吴大任的老师姜立夫及杨石先、邱宗岳等，北大、清华等校用高出一倍的薪金，都请不去。张伯苓向司徒雷登说："我要跟你们燕京比赛！"

还有，张伯苓为集资办学到处募捐，但他并不是伸手乞求。卢木斋是黄钰生的舅舅，常慨叹自己早年清贫未能多读书。张伯苓听说后请严范孙传话给卢："我总想给卢先生留下一个纪念他的东西。"一拍即合，卢木斋很快向南开捐款10万元，建了木斋图书馆。

黄钰生说："我任南开秘书长，月薪220元，张伯苓兼五校之长，

▷ 1919年，严修（后排左六）、张伯苓（后排左三）等
为创办南开大学到南京筹款时合影

只拿月薪200元。他理财公私分明，自奉甚俭，一切讲'苦干、硬干、实干'，为办学耗尽心血，这是很有感召力的。"

《张伯苓功在人间——南开大学原秘书长黄钰生忆南开老校长》


### ❖ 肖荻：张伯苓的办学之道

黄钰生认为，张伯苓有许多教育思想值得今人借鉴。

重体育。张伯苓说过"中国人之身体软弱以读书人为甚"，竭力提倡体育。最初甚至用两个椅子放上竹竿让学生跳高。中国人在国际体育比赛中第一个获奖者是南开中学学生郭毓彬，他在四百米赛跑中得过冠军。这以前中国搞体育竞赛，主事者多是外国人，自张伯苓任体协会长和总裁判后，所有裁判都是中国人。在南开中学的住校生，当时每天都要早早起来跑步，谁恋被窝，会被同学掀掉被子。

重道德教育。嫖、赌、烟、酒、早婚均属禁戒，犯者退学。张伯苓律己很严。黄钰生说：有一回，张校长训斥一个犯禁抽烟的学生。那个学生说："那您干吗也抽烟？"张伯苓憋了半天说不出话，然后把手里的烟袋一撅两段，说："我不抽，你也别抽！"从那以后，他真的不抽烟了。黄钰生有一次和他谈弗洛伊德的心理学说——梦是欲望的满足。张伯苓笑着说："有道理，我戒烟之后好久还做梦吸烟。"但，他终于再未吸烟。

重科学实验。张伯苓从日本购进大批仪器教材，教学生做理化实验，其操作之认真和设备之完善使来参观的美国哈佛大学校长表示钦佩。

张伯苓还重视开展课外活动，锻炼学生的组织能力。他把办学的宗旨概括为"公、能"二字。"公"，就是为公不为私，"能"，就是知识、技能、本领。南开确实培养了大批办事公正的人才。

《张伯苓功在人间——南开大学原秘书长黄钰生忆南开老校长》


### ❖ 梁吉生：张伯苓与周恩来

周恩来1913年暑假考入南开中学。在校时，他是个品学兼优的学生，又很有社会活动能力。对于这样一个学生，不能不在校长张伯苓心目中留下深刻的印象。在当时那种世态炎凉的社会里，张伯苓不因周恩来的清贫而漠然视之，相反，他很赏识、关怀周恩来。他免去了周恩来的学费、书费、宿费，让周恩来业余帮助

▷ 周恩来

学校做些抄写、刻字的杂事。周恩来常到他家中去，师生俩经常进行长时间谈话，内容涉及社会问题和国家大事。

周恩来于1917年6月中学毕业后，在日本留学一年多。俄国发生

十月革命后，他接触了新思潮。1919年"五四"运动前夕，周恩来回到天津。他开始用新的宇宙观观察中国和世界问题。他对于南开教育，对于张伯苓虽然一如既往的热爱和敬重，但他不赞成张伯苓当时为办南开大学向北洋政府的官僚政客赔笑乞援，反对拉曹汝霖、杨以德之流充任校董，他在给南开留日同学会的信中公开批评张伯苓的上述做法，公开批评南开教育的弊端。张伯苓通过对外国教育的考察、研究，也深感南开教育需要革新，他积极创办大学也意在摸索中国教育的道路。1919年9月南开大学成立，张伯苓准予周恩来免试入文科学习。12月，张伯苓委托周恩来在修身班上向全校师生宣布改革大纲。这是张伯苓对周恩来的最大信任，也是周恩来对张伯苓办教育的有力支持。

30年代，民族矛盾日益尖锐。在这个时期，周恩来与张伯苓的接触，远远超出了师生之谊，有着更深刻的内涵，关系也更为复杂。在震惊中外的"西安事变"中，周恩来以共产党代表的资格与国民党谈判，终于迫使蒋介石初步接受了"停止内战，联合抗日"的条件。南开大学为此召开庆祝大会，张伯苓在会上说："西安事变这么解决好，咱们的校友周恩来起了很大作用，立了大功。"1938年7月，张伯苓担任第一届国民参政副议长，常驻重庆沙坪坝南渝中学（重庆南开中学）的津南村，交往各方人士，津南村一时成了当时社交活动中心。同年底，周恩来作为中共中央代表来到重庆，也把重庆南开中学作为巩固和发展抗日统一战线工作的阵地之一。周恩来经常以校友身份去学校，或以师生关系到津南村拜访张伯苓，利用各种机会进行抗战形势宣传，揭穿蒋介石借抗战之名，拼凑反革命武装力量的阴谋。南开师生于1940年春抵制了蒋介石鼓吹的"从军"运动。

《张伯苓与周恩来》

## ❖ 祝瀛洲：体育运动与道德精神

　　南开向来重视体育。伯苓先生认为，强国必先强种，强种必先强身。南开学校自成立以来，即重视体育，期望每个学生有坚强的体魄。故对于体育设施及运动场地，力求完善；对体育组织、运动比赛，力求普遍。南开先后参加全国、远东运动会者，均有良好的成绩表现。平时并限定运动项目，必须考试及格方可毕业。同时对于少数学生选手之运动技术务求提高，而对于全体学生之身体锻炼也十分注意。但唯恐发生流弊，故对于体育道德及运动精神未敢忽视。记得当年领导南开篮球运动时，除重视锻炼身体与技术外，在精神方面尤其重视。因此不时恳请校长伯苓先生训话，总括内容：体育目的在于普及，愿人人健康，不只重选手。既有选手必有比赛，比赛时当然有胜有败，但应晓得胜败乃兵家常事。要胜不骄，败不馁。胜要胜的光荣，若不守规而胜，虽胜不武。败也要败的光荣，败若能尽力而不气馁，则虽败犹荣。否则既输球又丢面子，此乃一无是处。无论个人与团体在运动比赛时，要养成这种体育道德及运动精神等等。同时他强调比赛胜败的关键在最后五分钟。要拼力到底，以取得胜利。这种训示，在精神上，对大家的影响是非常深远的。

*《忆恩师南开学校校长张伯苓先生》*

## ❖ **祝瀛洲：** 南开教育之目的

南开系因国难爱国而产生，故其教育目的，在痛矫时弊育才救国。所谓时弊约有五种，不外愚、弱、贫、散与私。为矫其弊，不培育德能兼备的建国人才不可。故吾南开校训以"公""能"二字为训，旨在培育救国建国人才，以湔雪国耻，而图富强。所以伯苓先生无论在全校师生聚会时（修身班）或和私人讲话中，莫不针对时弊痛切陈词，指明中国之病首在自私自利，一般人假公济私，因私而害公，不知公如有损，私亦遭殃。国与家是相依为命的，国破家亦不保，所以伯苓先生终其生以身作则，倡导公德。自己更是公而忘私，校而忘家。凡属公款一文不浪费，凡属公物一件不自取，一切为公节省，从不为自己着想。

伯苓先生以为方今世界各国之间竞争激烈，非具有能力难以图存。所以南开教育要培养学生具有国家社会所需要的各种能力。因此除加强教学，重视学科进修，以培养其学业根底外，并重视课外各种组织与活动，以增进其办事能力与合作精神。在当时一般学校极为守旧的时期，南开就有敬业乐群会、励学会、青年会、辩论会、话剧社、京剧社、军乐队、音乐社、校刊出版社等用以训练学生各种能力，以期担负未来各项责任。此外在体育方面，除田径运动外，并辅导学生组织各种球队，如篮球、足球、排球与网球等，尤以篮球为国人所称赞，当时曾有"南开五虎将"之称，所向无敌，执全国篮球界之牛耳。质是之故，南开学生毕业后，无论在何岗位都能表现得胜任愉快，其佼佼者，更有辉煌突出的贡献不待言矣，未曾闻及有所谓贪官污吏、汉奸走狗、身陷囹圄为国人所不齿者。言之令吾南开学校与同学至感光荣无比！然则能不饮水思源，感念严先生与张校长之遗德耶？

《忆恩师南开学校校长张伯苓先生》


## ❖ **祝瀛洲：**南开教育与自力更生

记得我在南大第一班商科受教时，由于南大初创，一切措施与设备，自然不如外国名牌大学。留学回国教授中，有人不免有所挑剔，甚至还有人责难，这不如外国，那不如外国。如此这般的露骨批评使伯苓先生深为气愤，遂坦然回答说："我也知道我们不如外国远甚，但好是人家的，不是我们自己的。住高楼大厦，乘汽车，享受高级设施，没有人反对。但要知道，我们现在用的，多是外国进口的。有本领的要自己创造，要自力更生。否则只是尽说人家好，尽用人家发明的、制造的东西，不唯可耻，而且危险啊！我们办教育，教学生，就是要急起直追，赶上人家。最好一切能自己创造，俾能自卫，自给自足。我们大家应先苦干，使国家富强起来，不应

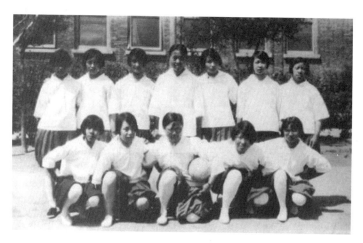

▷ 20 世纪 30 年代，南开女子篮球队合影

怨天尤人，不负责任地唱高调啊！"事后听说那些挑剔的教授们听了这段话后颇觉汗颜，深为折服，这是由于伯苓先生大公无私的胸怀、坦白真诚的态度感人的结果。这件事一时传为美谈。因此使我感想到今日有许多人，不知创造，只知享受，过着寅吃卯粮，入不抵出的生活。试看今日南美有许多国家，债台高筑，无力偿还而赖债，反于己不利，窘相暴露可以想见。诚如伯苓先生所说："非唯可耻，而且危险。可不戒慎恐惧乎？"

《忆恩师南开学校校长张伯苓先生》

## ❖ 祝瀛洲：以俭治校

伯苓先生一生，在日常生活中，养成了勤俭整洁的良好习惯。以之治家，以之治校，亦以之治国。我在南开大学毕业前后八年，亲自目睹与感受，使我受赐匪浅，终生莫能忘此。先生无论在家或在校住宿，每日都是早睡早起，未尝间断，朝乾夕惕，总是兢兢业业。不找学生恳谈，即亲视学生宿习，冬夏莫不如君。先生仪容非常整洁，学校建有镜箴，要学生仪容保持整洁，无论课堂与宿舍，如不整洁，必受责罚。绝对不准随地吐痰，食堂厨房不许有苍蝇。水电用时即开，不用时即闭，未见有浪费事情。论及俭之一字，先生是楷模。亲见先生每日早点，无非烧饼、油条与豆浆。中晚餐，菜肴两三样而已。穿则常布衣，遇有外赛或外出时，始着洋服或绸缎衣。以大学校长的地位，先生所住三间平房，在羊皮市中，门前晒满臭羊皮，院内气味难闻，但室内则明窗净几非常整洁。彼时东北军张副司令学良因为先生协助整顿东北大学，为答谢伯苓先生，驱车前往先生住宅致敬。汽车绕行多次始得发现。惊而叹曰："偌大大学校长居此陋室，非我始料！令人敬佩。"

学校备有洋车，先生并不专用。每逢远出公干需乘火车，一向乘三等车，住普通旅馆。后因事繁，学校租有汽车，亦作公用，并不作为校长专车。由于先生勤俭整洁的美德，无形中使学生们力矫奢惰与脏乱恶习，并养成勤俭整洁风尚，可谓一生受用不尽矣。

*《忆恩师南开学校校长张伯苓先生》*


### ❖ 祝瀛洲：实验教育与社会调查

南开教育重在实用，不尚空谈，虽说重视课本知识，但不是读死书、死读书。读书的目的在致用，所谓学以致用，用如不足，则致力于学。于是南开教育除课本知识外，还致力于社会调查工作，旨在借此明了社会实况，以求兴利除弊，而转移社会风气。先由天津社会调查开始，次扩展至华北经济调查，有关经贸进出口产品实况，得失利弊，分析至为详确，故对工商以及银行界之贡献，可谓非常之大。因此南开毕业生服务于各界者，亦格外受人重视。每年南大毕业生，特别是商科的，在毕业前，即已应聘一空，可资证明。

又伯苓先生以日本图谋东北甚急，于1928年春特赴东北视察，彼时我任吉林省女子中学校长，召集在吉林校友，商定如何招待与日程，分头洽办。我则负责在校食宿。大家认为难得的良机，以回馈师恩，无不竭诚爱护。同时吉林省各界，特别是教育界，闻知当时有名的教育家来吉访问，非常轰动。当局指由教育厅长刘芳圃负责欢迎招待。记得刘厅长邀请伯苓先生对中学以上千余学生训话。当时各校缺乏礼堂，只好借用大戏院。

回忆伯苓先生讲话内容，除慨论国人所犯贫、弱、愚、私、散五种弊病，提醒大家，务要设法增产，以求自足自给，强身强种担负艰巨，普及教育提高民智，崇尚公德，牺牲奉献。特别强调国人团结一致对外，讲到这里，乃出示一束竹筷作譬，先以一支筷子示意，当然力弱易折，继则逐次加多，多则力强难折，最后出示整束竹筷，即使用尽力量亦难折断。当即扬臂伸出拳头曰"团结就是力量。我们国人要团结，要发愤图强啊！"当场学生们为之激动，掌声不绝，震动屋瓦。事后人皆曰：伯苓先生此番演讲对于青年以及社会一般人影响极大，且深又远，可谓不虚此行矣。返校后遂组织东北研究会，并派调查团于暑假期间前往东北考察，由何廉教授领导，在吉林调查时亦住于女中。考察共十数日，我陪同他们访问，并洽请有关机关提供资料，俾备研究。我亦就所见所闻日人阴谋诡计，处心积虑积极图我的勾当，提供参考。所以南开东北研究会是首先发现日人谋我野心的。当时曾对当局提出警告，应速求对策，以防意外！南开本身并因此预作准备：提前作了迁校入川之安排。可以证明实践教育是何等重要啊！

《忆恩师南开学校校长张伯苓先生》

▷ 20 世纪初的南开大学校徽

## ❖ 祝瀛洲：辅助贫困与奖助优秀同学

张校长伯苓先生不愧为当代的教育家，他以学校为家，视学生如子弟，谆谆善诱且有教无类，近如天津，远如边陲，尤其对边远省份学生，格外垂青。据说对边远省份还有保留名额之说。回忆我当年由吉林延边家乡，数千里外远赴天津考入南开中学，谈何容易？嗣以家道中落几遭辍学，幸赖校长查知允予设法济助，得以卒业。记得周恩来同学，亦以家境困难，由学校聘为秘书得以继续深造。又同乡学友吴瀚涛在校时三年半学业成绩均属优异，不幸因劳成疾未得毕业。张校长查其学业成绩特优，打破常规，破格准予发给中学毕业证书，以成全其升学志愿。在校学生有家境困难者，可半工半读。抗日战争时期，有很多学生由沦陷区逃到后方，家庭接济断绝，一切费用均由学校负担。这种实例不胜枚举。

*《忆恩师南开学校校长张伯苓先生》*

### ❖ 附：南开的目的与南开的精神

——1934年张伯苓在南开大学开学典礼上的讲话

各位同事、各位学生：

今天是南开大学第十七学年开始的日子。南开的历史，不从大学起，而从中学起。从中学起现在已有30年。10月17日就是30周年纪念日。这30年来，南开各部，连续的发展，我的感想甚多，特来和各位谈谈。

30年前，中学正式成立。彼时还在严范孙先生家里。在这以前，还有六年的历史，也在严宅，那是个家塾，后来才成正式的中学。中学成立之后。添设大学，又添女中，又添小学。所以南开的历史可说是30年，也可说是36年。无论30或36吧，在此30或36年中，翻看或回想中国历史的人，一定觉得变化真多。学校的历史，也恰恰在这变改极多时期。学校之所以成立，确有它的目的。这目的，旧同事和老学生大概知道，其余的人，或者不知道。

天津有个有名的学者严范孙先生。他读的是旧书，是中国书，但是他的见解，却不限于中国的旧学。他把时局看得极清楚。他以为中国非改弦更张不可。他做贵州学政的时候，所考的是八股，而所教的是新学。现在在本校贵州学生的父或祖，就许是严先生的门生。严先生倡改科举，改取士的办法，触了彼时朝廷——西太后——之怒，便不做官，回到天津来。戊戌年，个人万幸，遇到严先生。自己本来是学海军的，甲午之后，在海军里实习，彼时年纪二十三四岁，就看中国上下多争利，地大物博、人民众多，而不会利用。彼时自己的国家观念很强。眼看列强要瓜分中国，于是立志要救中国，也可以说自不量力。本着匹夫有责之意，要救国，救法是教育。救国须改造中国，改造中国先改造人。这是总方针。方法与组织，可以随时变更，方针是不变的。中国人的道德坏、智识陋、身体弱，以这样的民族，处这样的时局，如何能存在？这样的民族，受人欺凌，是应当的。再想，自己是这族人中之一个。于是离开海军，想从教育入手。真万幸，遇到严先生，让我去教家塾。严先生之清与明，给我极大的教训。严先生做事勇，而又不慌不忙。有人说，旁人读书读到手上来了，能写能作，或是读到嘴上来了，能背能说，而严先生读书，真能见诸实行。我们称赞人往往说某某是今之古人，严先生可以说是今之圣人。他那道德之高，而不露痕迹，未尝以为自是好人，总把自己当学生。可惜身体弱——也难怪，书房的环境，身体如何能好——70岁便故去了。死前也有几年步履不灵，然而心之热，是真热，对国家对教育都热心。我们学校真幸会由严先生发起，我个人真万幸，在严先生指导下做事。

发起是如此发起，目的是要救国。方法是以教育来改造中国。改造什么？改造它的道德，改造它的知识，改造他的体魄。如此做法，已有30年。这30年，时时继续努力，除非有战事，是不停学的。如辛亥革命，局面太乱，停顿几月。记得那是过了旧历九月七日——学校历来的纪念日，后来才改为阳历10月17日——纪念日过了不久，就停学，下年正月才能开学。以后便未这样长期的停顿。如直皖之战，李景林与张之江在天津附近打仗，奉直之战，不得已停几天，但凡可以，就开学。在座的旧同学旧同事，都还记得，两次津变，不得已停学，不几天又开课，开课就要求进步！

今年的进步，从物质方面说，有中学的新礼堂，女中的新宿舍，小学也有添置，大学也新添教员住宅和化工系的试验室。有人说，华北的局面危险如此，你们疯了，添盖七万四千多块钱的房子。我说，要做，这时候就做，要怕，这30年就做不成一件事。有人说，南开应该在内地预备退身的地方，我引《左传》上的话回答："我能住，寇亦能住。"

不错，盖了些房子，然而房子算什么？书籍算什么？设备算什么？如果你们有真精神，到哪里都可以建设起来。学校发达，国难也深，比以前深的多。不怕，所怕者，教育不好、不当，不能教育青年得着这种精神。你们也要这样，不把物质放在眼中。物质是精神造的，精神用的。在这一年以内，增加许多设备，人家看来，一则以为糊涂，二则惊讶。钱从哪里来的？想法去弄的。只要精神专注，样样事都可以成功。前星期有个朋友从仰丰来看我，他是我第一次到美国的一个同船。他说他未到过中学，我便陪他去看，看见那里的建筑，他问，哪儿来的钱？我说，变戏法来的。反正不是抢来的，要是抢来的，现在早已犯案了。他问我学校一共有多少产业。我算了算，房子有一百多万，地皮七八十万，再连书籍设备，大约有二三百万。我也不知钱是怎样来的。我也不计算，我就知道向前进，我绝不望一望，自己说："成了，就可以乐一乐了。"做完一件事，再往前进。赌博的人不是风头顺就下大注么？我也如此。往前进，能如此的秘诀是什么？公、诚，未有别的。用绕弯方法不成，骗人还会骗了几十年？谁有这样大的本领？事情本来容易，都让人给弄难了。曾先生听我的话点点头。我又说，我一人要有这样大的产业，我身旁就有些人保镖了，还能坐辆破洋车满处跑？这并不是我好。我只是说，如果公，如果诚，事就能成功。我的成就太小太小，你们的成就一定会比我的大得多。成就的要诀，我告诉你，先把你自己打倒。当初我受了刺激，留下的疤很大，难道你们受了伤，不起疤么？受了刺激，不要嚷，咬牙，放在心里，干！南开的目的是对的，公与诚是有力的，干！近来全国渐觉以往的浮气无用，渐要在实地下功夫，要硬干，要苦干。我们的道理，可以说是应时了。我看见国人这样的觉悟，我就死了也喜欢。我受了刺激，我不恨外国人，我恨我自己为什么不争气。近来国人也知道自责了。所谓新生活运动，就是回头看看自己的做法，孔子教人"失诸正鹄，反求诸己"。射箭射的不好，不要怨靶子不正，怨自己！我给你们说个笑话，当初考武考讲究弓、刀、步、马、剑。有一次县考，一个生员射箭，本事不好，一射射到一个卖面的大腿上去了，县官大怒，要罚考生。卖面的说，大老爷请您不要动怒，这算小的腿站错了地方，如果小的腿正站在靶子那儿，这位爷不就不会射上了？

前些年，国人太浮，嚷嚷打倒"帝国主义"，嚷什么？这么大的国，还受人欺负，是自己太没出息。好了，现在也不嚷嚷了，当初领着学生们嚷嚷的人，也做官了。全国人的态度转变，与我们所见的相同，不责旁人责自己，近来新生活运动的规律，同旧日中学镜子上的话很相同。当初中学的大门口，有一面穿衣镜，为的是让学生出入的时候，自己照照自己。镜子上刻着几句话："面必净，发必理，纽必结，胸宽容，肩容平……"我还常教学生，站不正的时候，把胳臂肘向外，就立刻站直了。此外，烟酒绝禁，嫖赌一查出就革除。我以为发挥我们的旧章，认真执行，就是新生活。近来看着全国有觉悟，看到自己不行自己改。凡是一个人，除了死囚之外，都有机会改自己，都有希望。现在中国要脚踏实地，我认为这真是最重要的觉悟，最大的进步。全国的趋势如此，我们也不落人后，发挥南开旧有的精神，认真实行。

再说，你们的先生，我的同事，真不容易请来。钱少，工作重，这是大家都知道的。别的学校用大薪水来请，也请不去，这种精神，是旁处少有的，实在可以作青年的榜样。新来的学生，也知道这里的功课紧，学费重，然而为什么来？不是要得点什么吗？近来的大学生毕业之后，就有职业慌；而我们今年的毕业生，七十几个人，十成里有九成以上都是找着事了。为什么？不是因为他们肯干么？先生热心，学生肯干，我们正好再求长进，以后要想侥幸，是未有的事，托个人，穿个门子，不成，未有真本事不成。

今天是开学之始，又近30周年纪念日。我们学校已进了一个新阶段，还作，再作。前30年的进步太少了，此后要求更大的进步。人常说，学生们是国家的主人翁，主人翁是享福的吗？主人翁是受罪的。我说过不知多少次，奴隶容易当，主人难当。做奴隶的，听人的调度，自己不要操心；做主人就要独立，要自主，要负责任，然而有思想的人，宁可身体不安逸，也要精神自己。你们都是主人翁，就得操心，就得受罪，你趁早把这一项打在你的预算里头吧。

我们国难日深，然而还有机会，还有希望，就怕自己不发良心，不努力。我快60岁了，我还干，一直到死，就决不留一点气力在我死的时候后悔，"哎哟，我还有一点气力未用"。我希望你们人人如此，中国人人人如此。学校三十周年，而国难日深，所可幸者，国人已知回头，向我们这边来了。都要苦干，穷干，硬干。我们看国人这样，一则以喜，一则以惧。喜的是志同道合，惧的是坚持不久。不管别人，我们自己还是咬定牙根去做。

这次天津的学生，到韩柳墅去受军事训练，我以为很好。中国人向来松懒，乱七八糟。受军事训练，使他们紧张。我常说中国人的大病在自私，近来又加上一种外国的通病——自由。你也自由，我也自由。不自由，毋宁死。我有个比喻，一边三个人，一边五个人，两边拉绳子，如果五个人的一边，五个人向各方面拉，三个人那一边，三个人向一面拉，三个人的那一边必定得胜。这是我教人团结、教人合作的老比喻。中国人的病，就是各拉各的，拉不动了，还怨别人为什么不往他那一边拉。自私，打倒你自己。说什么自由，汉奸也要自由，自由去做汉奸。孙中山先生的遗嘱，说"余致力国民革命，其目的在求中国之自由平等"。是要中国自由，现在中国动都动不得，你还讲什么个人自由？求团体的自由！不要个人的自由！从今日起，你说"我要这样"，不行，一个学校如此说，也不行，要求整个国家的自由，个人未有自由，小团体未有自由。我们从外国又学来一种毛病——批评，人家的社会已入轨道，怕它硬化，所以要时常批评。我们全国的建设什么都未有，要什么批评？要批评，等做出些事来了再批评，要批评，先批评自己。最要紧的批评是批评自己。现在有许多人，在那里希望日本和苏俄快开战，愿意他们两国拼一下。你呢？你不干就会好了么？孔子的话是真好，颜渊是孔子的大弟子，颜渊所问的，孔子还不将全副本事教他。颜渊问仁——孔子答道："克己复礼。"好个克己！你最大的仇敌，是你们自己。中国人，私、偏、虚、空，非将这些毛病克了不可。孔子答子张的话也好，"先事后得"。做你的事，不管别的。现在的人还未做事，先打算盘。吁！你把你自己撇开。我们要做新人，我们要为民族找出路。这是我们的最后的机会了。再不争气，惟有灭亡。我们学校，今年要发挥旧有的精神，更加努力，先生肯牺牲，学生不怕难。你们不要空来，要得点精神，要振作精神，打倒自己，你一定行。参加军事训练的学生，先觉难受，后来也行了，行也行，不行也行，也就行了。逼你自己做事，你对自己一定有许多新发现。日本人就是这样去干，他们的方法，总是置之死地而后生。我总想中国人的筋肉太松，我恨不得打什么针，教他紧张起来，本来就松，又讲什么浪漫，愈不成话。

前者有学生的家长，赞成军事训练，并且以为女生也应该学看护，这见解是对的。女生也要救国，救国不专是男子的责任。我以上的话，也不专是对男生说的。好，我们大家努力起，全国在振作精神，我们不能落后，好容易他们入了正路，我们更当做国民的前驱。

第二章

南开大学名师堂

## ❖ 范绪锋：梁启超的中国史讲座

南开大学聘请梁启超在校举办中国史讲座，讲演的题目为《中国历史研究法》，每周一、三、五下午4时至6时举行。学校对梁启超先生的讲座非常重视，规定此科为文理商三科必修科目。梁启超本就文采飞扬，口才又极佳，每次连续讲演两小时之久，毫无倦容，诚可谓诲人不倦。他的讲演受到南开师生的热烈欢迎，听讲者达数百人之多，也有不少天津其他各校教员学生前来旁听。梁先生授课认真，凡

▷ 梁启超

因事误课必定补讲；并进行正规的考试，考卷第一次便收到121份，占全校学生半数。讲座结束后，梁启超还同历史班全体学员合影留念，师生关系甚是融洽。

梁启超的讲义是其所拟中国文化史纲中的第一篇，后经整理，

便以同名著作出版，风行一时，成为其自视得意之作之一，倍受学界推崇，而梁先生之讲座对南开大学历史学科发展的推动之功，自可想见。

《梁启超与南开大学》

## ❖ 范绪锋：梁启超多次来校讲学

梁启超对南开的感情是深厚的，他多次来校讲学。1922年2月，在即将赴清华学校讲演前夕，梁先生又亲临南开大学新学期开学式作演说。他指出，从学校到社会为人生最危险时代，从而鼓励南开学子"从物质、精神上加增培养元气的资料"，"寻出一种高尚的嗜好、自己的人生观"，养浩然正气，以与恶社会中的坏性质、坏习惯作斗争。1923年7月，梁启超主讲南开大学暑期学校。1924年春又讲学南开，著有《清代学者整理旧学之总成绩》一文。他不仅自己来校做学术指导，还邀请国外名学者罗素、杜里舒、泰戈尔等以及国内学界名人张君劢、梁漱溟、蒋方震、张东荪等来南开讲学。这对于南开学术的发展是功不可没的。

《梁启超与南开大学》

## ❖ 刘集林：心系南开的梁启超

1921年11月间，还在南开讲学的梁启超主动向张伯苓提出，希望能将南开文科全部交给自己办理。此前一直委托梁启超罗致人才的张伯苓当然是求之不得，欢欣至极，梁启超亦踌躇满志，开始精心筹划。计划让张君劢、蒋百里、张东荪、林宰平陆续开进南开，还希望能邀请梁漱溟加盟，这些人在当时都是海内所重的硕学名流，梁启超深信有他们六人坐镇南开，必将使南开文科"光焰万丈"。梁还计划每年为南开文科募捐数千元，以巩固自己在南开的地位。展望未来，梁启超豪气干云："南开文科办三年后，令全国文史两门教授皆仰本科供给。"也就是说，要将南开文科办成全国的文科中心，气魄不可不谓大。可惜，因种种原因，这一宏大的文科计划终未如愿。

尽管南开文科计划受挫，梁启超仍然心系南开，1922年下半年，在外奔波的梁启超又与南开大学校方共议在大学部成立"东方文化研究院"，欲将南开大学作为其弘扬东方文明的核心基地。双方经过了半年的积极筹划后，1923年初，梁启超正式发出《为创设文化院事求助于国中同志》的求助启事，文章力言中国儒家人生哲学、先秦诸子及宋明理学、佛教、中国文学艺术、中国历史等五项文化事业的发明整理，为创造新中国赋予国民新元气所必需，也是国人对世界文化应尽的义务。启事传出，各地学子闻讯雀跃，西方报纸对此创举也"赞美有加"。可以想见，这一计划如能实施，于南开的意义将何等重大，但又因经费筹集困难而付诸东流。这对梁启超对南开来说，都是一件莫大的憾事。

*《梁启超与南开大学》*

## ❖ 陈省身：做姜立夫老师的助手

姜立夫老师当然也很喜欢我，叫我做他的助手。因为大学没毕业，不够资格做助教，只能做助手，帮他改卷子。助手一个月十块钱。第一个月领到十块钱，当然是很得意的了。比一个报贩的钱多一点。报贩一个月七八块钱，做助手可以拿十块钱。姜老师一礼拜三堂课，每堂课都有习题，一星期就要改三次卷子。开头是一、二年级的，后来三年级的卷子也让我改。不只替他改，张希陆（就是张伯苓的公子）的课，卷子也让我改。反正每月总会赚十块钱，没有超过十块钱的。当时我在班上，可能在数学系，也是年纪最小的。可是他们有些不懂的题也来问我，大概他们知道我懂，告诉他们就是了。

*《我最美好的年华是在南开度过的》*

▷ 姜立夫

## ❖ 刘秀芳："我愿把一生献给数学"

1920年初，应爱国教育家张伯苓聘请，姜立夫来到南开大学，独立创办起南开算学系，并将自己名字改为立夫。20世纪20年代的南开大学是一所私立学校，私立大学教职工的薪金一般要低于国立大学或省立大学。据记载，1931年，国立大学教师的月薪平均165.6元，省立大学217.5元，而私立大学仅为124.3元。为什么姜立夫选择进南开呢？20世纪20年代初期，北京、天津一带是学术中心，学术界很活跃，一批刚刚归国的青年学者，都想在事业上有所贡献，他们对学术环境看得比较重。就大学水准而言，由于招生严格，南开大学学风朴实，学生勤奋，脚踏实地，不好高骛远；开设课程宁缺毋滥，学生专心学，教师认真教。姜立夫就是这样选择南开以实现自己的报国之心，教书育人。姜立夫先生深情地说："我是用美国退还的一部分庚子款去留学的，那当然不是美国的钱，也不是清政府的钱，那是全国人民辛勤劳动积累起来的钱，我应当为全国人民做一点好事，我的决心是把西洋数学（现代数学）一起搬回来。数学是一切自然科学的基础，中国最需要的是科学，所以也需要数学，我愿把一生献给数学。"

　　姜先生学成回国时的20年代，也正是南开大学刚创立时。学校从"文以治国、理以强国、商以富国"的思想出发，设文、理、商三科。按照美国大学分科、选科办法将开设的全部课程分为四组，1926年又增设矿科。20世纪20年代的中国，现代数学基础极为薄弱，至于科研，还没有人在国内作出创造性的成果。显然，要把数学扎根在中国，任务是多么艰巨。姜立夫先生把培养人才作为事业的中心环节，他要培养出一批经过严格训练，能掌握现代数学的人才。他根据学生情况，需要什么课，就开什么课。多年来，在他独立支撑执教的"一人系"，除了为本系学生开课外，还要为理、商学院有关学系开设选修课程。自1920至1930年的10年中，姜立夫先后为本系及外系开设过初等微积分、高等微积分、理论力学、代数方程论、微分方程论、解析几何学、投影几何学、非欧几何学……他轮番讲授，都能保持高质量。在姜立夫的言传身教下，学生们能得到逻辑思维和逻辑表达能力的严格训练。姜立夫先生为创建和发展南开数学系，倾注了全部心血，他的教学一直为人所乐道：陈省身先生回忆起恩师来，娓娓道来："南开数学系那时以脚踏实地见长，姜先生教书是极认真的，每课必留习题，每题必须评阅。""他态度严正，循循善诱，使人感觉到读数学有无限的兴趣与前途。"

《中国现代数学先驱姜立夫》

## ❖ **刘秀芳**：重视数学文献的建设

姜立夫很早就十分重视数学文献的搜集，把它作为办好数学系的重要基本建设，并且亲自动手，甚至连编目这样细微的工作他也亲自处理。他认为数学研究工作的主要活动是思维与演绎，需要直接从已有的大量文献所记载的成果中汲取营养加以创新。姜老先生在南开时，他与国际上几家专长于过期学术期刊买卖的书商长期联系，（也介绍他们与北大数学系联系）使得抗日战争前，南开大学的数学图书质量是全国一流的，世界上最重要的数学期刊都是完整的，著名数学家的论文集也是齐全的，还有许多珍贵的绝版书。1932年德国汉堡大学的施佩尔纳尔（E.Sperner）应邀访问南开大学，当他看到这些数学藏书时，翻阅一本又一本，惊叹不已，羡慕不已。姜老先生爱书如命，后来让吴大任协助把数学书包装运往昆明西南联大。1937年7月29—30日，南开大学遭到日机轰炸，学校大部分校舍被焚毁，又有部分图书在海防被日本侵略者劫持而去。战后由中国驻日代表团从东京世田谷仓库追回一部分，共计中西文图书194箱，还损失了一部分，其中包括一些珍贵的数学书刊。举一个例子：姜先生1919年获博士学位，曾任奥斯古德（W.F.Osgood）教授的助教，今日南开数学研究所保留着奥斯古德教授的著作12册，从借阅卡上可以看出，其中有5册书就是从日本劫后归还的，至今书上还保留日军文化侵略的印记。

南开数学所刚成立的那几年，每当召开国际会议时，图书馆就迎来很多学者。吴文俊教授是获得国家最高科学技术奖的，他到南开参加会议，每次都抽空到数学图书馆来，翻阅发黄的旧书，一看就是个把小时。

《中国现代数学先驱姜立夫》

## ❖ 白金騄：现代物理学奠基人——饶毓泰

当饶毓泰还在美国攻读博士学位时，张伯苓校长已经托人聘请他来南开大学任教。由于当时国内有物理学系的大学并不多，为了培养物理学人才，发展物理科学，饶毓泰欣然接受聘请，远离江西家乡故土，北上到滨临渤海的天津，在南开大学创办物理学系。南开大学喜得人才，并委托他在美国购置物理学系所需要的仪器和设备。

饶毓泰来到南开大学，担任物理学系教授，兼物理学系主任。在经费、设备、师资十分困难的情况下，饶毓泰的到任，全面主持物理学系的工作，才能使物理学系的建设正式开始。1922年夏季，物理学系与理科其他各系一起迁入八里台理学院，物理学实验安置在秀山堂西北面的实验室里。

▷ 饶毓泰

在创业的道路上，创业者要披荆斩棘，必须付出更大的代价。饶毓泰初来时，同时要为物理学系和矿科这两个不同培养方向的学生讲授普通物理学课，此外还要筹建实验室，辅导学生的实验课。到了转年的春季，饶毓泰讲授新开设的分析力学。

《中国现代物理学奠基人饶毓泰》

❖ **杨志武：** 杨石先执教南开化学系

由于回国是临时决定，杨石先来不及与国内相关部门联系工作，因此船在上海靠岸后的第一件事就是四处托人介绍工作。此时有位德国禅臣洋行的商人听说杨石先是从美国归国的留学生，便找到他说："德国禅臣洋行非常需要染料和药物方面的化学技师，你如能来此工作，我们将给你优厚的报酬。"当时有许多人对这份高薪工作趋之若鹜，杨石先也急需接济家用，但他还是婉言谢绝了那位德国商人的美意，他说："我是中国派出去的留学生，我要为我的国家服务，您还是另请别人吧！"与他同船回国的两位分别来自浙江大学和南开大学的留学生看到杨石先还没有找到工作，便热情邀请他去他们那里执教，经权衡，杨石先欣然选择了待遇低、工作重的南开大学。

南开大学是由爱国教育家张伯苓与严范孙先生共同创办的私立大学。1923年杨石先来此执教时，正逢学校创建初期，办学经费拮据，师资力量匮乏。他与化学家邱宗岳不仅要承担化学系的基础课和专业课，还要负责理学院各系和工科的化学基础课和实验课，同时他还兼南开中学的化学课，每天的工作量非常大。他讲授的课程包括无机化学、有机化学、高等有机化学、药物化学，且用英文教科书授课。他每次上课时，总是穿戴得十分整齐，讲课条理清晰，语言简洁生动，深入浅出，重点突出，富于启发性，"声贯全场，引人入胜"，而且板书流畅，颇受同学们的欢迎。

《著名化学家杨石先》

## ❖ **杨志武：**重视化学实验的杨石先

　　针对一些同学中存在的重视化学理论学习和英语学习，轻视化学实验操作的问题，杨石先在讲授理论课的同时，特别强调熟练掌握化学实验操作的重要性，并且在学校实验经费、实验仪器、设备安装及药品比较困难的情况下，仍将化学实验列为化学系学生的一门主课。他曾告诫同学们说：片面地强调基础理论研究的重要性，而忽略了化学实验操作能力的提高，即使专业基础知识再强，但连一些必要的实验都没做过，无论是在国内国外从事学习研究工作都将很难进行。他向同学们讲起了他在国外留学时的亲身经历。1921年他在美国康乃尔大学研究院做研究员时，兼管过实验室，看到有的中国留学生由于不会化学实验操作，在几天内损坏了很多仪器，赔偿损失之后，连吃饭都发生了困难，不得不改学文科。他希望同学们能从中吸取教训。

　　杨石先不仅在授课时将实验引入课堂，而且还经常到实验室，亲自指导学生进行实验操作，检查学生的实验记录和实验报告。见到有的学生实验不合要求，他就当场演示，帮助同学提高实验技能。为使学生的实验能力达到一定水平，他和助教一起制定了《实验室规范》。杨石先说，对于实验数据必须达到成功的让人能重复，失败的要找出原因，并要有具体数据来加以说明。他反对不做实验，凭经验下结论的空谈。在杨石先的倡导下，化学系同学们在认真学习基础理论的同时，在实验操作方面也肯下功夫，他们分析问题、解决问题的能力普遍得到了增强。这种既重视理论教育，又重视实验操作技能训练的学风一直延续到今天。

*《著名化学家杨石先》*

▷ 杨石先

## ❖ **申泮文：**不许更换座位

石先老师在授课时十分认真负责。第一次上课就跟学生约法三章，规定女学生坐第一二排，男学生坐在后面。把学生坐的扶手椅按行列编号，每人座位固定，不许更换。这样谁不来上课座位就空下来，石先老师从讲台上一眼望去就看出几排几座的学生缺课。所以他一步入课堂，便拿出点名册给未到者划旷课记号，花费时间不多。学生迟到超过十分钟的不准进入课堂，记为旷课。这些细微的地方都显示出石先老师对学生严格要求和追求课堂高效率，给我留下了不可磨灭的印象。当时讲课的教室就是今日经重建后的南开大学第二教学楼211阶梯教室。

*《怀念我的老师杨石先教授》*

## ❖ **申泮文：** 从来不给高分

在入南开大学后，我为了解决生活费用，每个星期要为南开中学数学老师张信鸿先生批改五个班的数学习题，所以学习和工作都很紧张。学习基础课就不能不抓重点。那时二年级有许多学生是我的中学同班生，各种教科书我都不需买，都是他们借给我。我上课时注意听讲，揣摩哪些内容是石先老师讲得有兴致的地方，那就是重点。课后又向二年级同学请教，石先老师考试时喜欢出什么样的题目，得知石先老师常常出论述性的大题目，我就在课下按讲题用英文组织笔记，把一个个讲题作有条理的整理，未雨绸缪，把准备考试寓于日常复习之中。石先老师每学期有两次小考、一次大考，每次上课有10分钟左右的提问，我坐在后排，常常幸免于提问。考试时，考题常常是我猜中和已准备好的，因此可以毫不犹豫用英语快速地写出答案，每次考下来我总是全班（百余人）成绩最好的。但石先老师却从来不给高分，每次我至多得89分，学年成绩也是89分。现在回想起来，大概是我一年级普通化学的成绩给石先老师留下了印象，把我列入了优秀生，以致后来他给予我许多热情的帮助。

第一学期结束时，我各门课都取得了好成绩，获得了南开大学三六奖学金（为纪念南开中学建校30年和张伯苓校长诞辰60年由校友筹集的奖学金），每年300元银币，我求学的经济困难暂时得到解决。

*《怀念我的老师杨石先教授》*

## ❖ 陶钝：生物系主任萧采瑜

1945年日本投降后，萧采瑜毅然放弃了美国的优厚条件，接受了南开大学校长张伯苓的邀请，于1946年冬携夫人乘太平洋通航后首批客轮回国，出任南开大学生物系主任的职务，并投入天津各校组织的反饥饿、反内战、反迫害的斗争。

▷ 萧采瑜

　　当时南开大学刚刚迁回天津，南开旧址已被日军炸成一片瓦砾，教学条件非常艰苦。萧采瑜自己动手制作动植物标本，建立实验室，从事教学研究工作，并担任多种课程讲授和实验教学。在平津战役开始、炮火横飞的时刻，他组织了护校委员会（安全委员会），在中共天津地下党员的帮助下，保护了南开大学的财产。

《怀念萧采瑜》

❖　**王端驯：张克忠毅然回国**

　　24岁的张克忠，戴上了博士的桂冠。这时他面临着严峻的抉择。他的老师路易士博士执意要把张克忠留在身边，留在麻省理工学院。

路易士博士曾先后三次在麻省理工学院为张克忠安排职位。是留在工作和生活条件都相当优越的美国呢？还是返回贫穷落后的祖国？出于一片赤诚的爱国心和民族自尊心，张克忠放弃了路易士博士为他安排的职位，毅然决定回国，返回自己的家乡——天津，而且毫不计较南开大学比同类大学低得多的工薪，在美国就接受了南开大学的聘请。因为，南开大学是他的母校！

《缅怀张克忠——一位勇于探索的科学家》


## ❖ 王端驯：以校为家的张克忠

年轻的张克忠教授在国外的所行所为，使我钦佩不已。而他在南开园里那种一心用在教学、科研事业的情况，也给我留下了极深刻的印象。我在学校选读了他所开的一门与数学有关的课。记得有一天，我为了功课上的一个难题，第一次到他的公事房（当年不叫办公室）去请教，我看到他的屋里除了书籍、资料，就是各种化学药品、样品和一些实验仪器，以及电炉之类的东西。案头图书、文稿盈尺。屋里充满了呛人的药味。在学校的助教们和同学们都知道这位青年教授实在非常用功，他整日埋首做实验，并以其所得，撰写科研论著。我看到这些情况，很受感动，所以不肯多打扰他而分散他的精力。

《缅怀张克忠——一位勇于探索的科学家》

▷ 张克忠

## ❖ **王端驯：**爱好文艺的理工科教授

开始时我和张克忠教授的个别接触不多。有一天晚上，我正在图书馆看书，张克忠教授出乎意外地来到我的座位边，轻轻地告诉我，要我到他的公事房去一趟。原来是会宾大哥从美国寄回了一些书籍，托他转交给我。这样的事情一连有三四次之多。为什么会宾大哥不把书直接寄给我，而要托张教授转递呢？看来，大哥是别有一番用心的。后来，在兄长的积极促进之下，张教授主动约我到市里去看电影，我们之间的交往渐渐密切了。我发现这位整天和药品、烧瓶打交道的理工科教授，对于文艺却也有很深的爱好。他把这一点归之于中学时代在南开中学所受的影响和熏陶。他在南开中学上学的时候，学校里的课余活动丰富多彩，如作文比赛、演说比赛、自治励学会、敬业乐群会、歌咏队，还有新剧团演剧活动，以及多种出版物。他认为：那些好的课余活动，培养了学生高尚的思想情操，使学生获得许多课堂里得不到的东西。他说，可惜的是他自己既不善于演讲，又缺少文艺才能，所以当年他只能够给敬业乐群会的会刊写点文章。其实，据黄钰生等老校友回忆：当年克忠参加了歌咏队 Glee Clab，克忠唱高音，黄唱低音，歌词多出自孔云卿之手。每当周恩来等人的新剧团上演话剧时，他们的歌咏队就在幕间插唱歌曲。他曾对我取笑说："我的细胞中，不像你，那么富有艺术分子！"原来，他对我上大学以前的一些情况，竟也有所了解呢！

《缅怀张克忠——一位勇于探索的科学家》


## ❖ 王端驯："以学养学"的策略

我与克忠结婚之后，居家在南开园西柏树村一座小巧精致的别墅式的教授宿舍里。姜立夫、邱宗岳以及新自国外留学归来的美学家冯文潜教授等，有时到我们家里来，他们对张伯苓校长是很推崇敬佩的。因为他们与张校长或为知交朋友，或有师生之窗，所以关系也比较亲密。有时他们聚在一起也喜欢谈笑老校长办学思想上不为外人所知的某些"隐情"，其中之一就是办学上的"竞争"问题。当时，国人公认的名牌大学，首推北京大学、清华大学和南开大学。

▷ 20世纪30年代理科师生的合影

允公允能

張伯苓題

▷ 南开大学校训

清华、北大历史悠久，而且都是国立大学，教授阵容强大，设备条件、经济力量都胜南开大学一筹。那么南开大学以什么去与清华、北大媲美呢？能不能在办学的某些方面努力而超过清华、北大呢？这是萦系张校长心中的一大问题。为了把南开大学办得出色一些，张校长要求文、理、商各学科面向实际，培养有用之才，研究解决切合国计民生的问题，尤其是理科！张校长想在"应用"方面胜过清华、北大。

克忠长于应用化学，他的办学思想也切合张伯苓校长的意愿，所以创建化学工程学系与应用化学研究所的计划得到校长的大力支持。有些先生们开玩笑说：张校长从麻省理工得到了"及时雨"。不过校长对克忠也有一个条件，就是要求赚钱，实行"以学养学"，这是张校长办学的一种思想方针。"赚钱"二字，乍一听有失"高雅"，事实上羞于言钱，也是不行。张伯苓校长办南开，从中学而大学，经费主要来自募化，相当拮据，所以才有借办应用化学研究所筹措经费的打算，以实现他"以校养校"的理想。

《缅怀张克忠——一位勇于探索的科学家》

## ❖ 侯洛荀：邱宗岳创办化学系

1921年邱宗岳为南开大学平地起家创办化学系，他任系主任。开始只有四名学生，物理化学、普通化学、定性分析、定量分析等六七门课都由他教。没有实验室，主任便带着学生去借用南开中学的实验室。就在这样的条件下，杨石先先生自美国康乃尔大学归来，即应邀来南开；随后，邱宗岳又为他主持的化学系请来了两位教授，他们就是朱剑寒和高振衡。他们都是留学欧美，学成归国，为国内化学界特别是高等学府所瞩目的人才。他们应邀来到了南开大学，协助亦师亦友的邱宗岳先生办化学系。此后，他们一直在南开大学化学系、理学院，忠心耿耿，献身于南开事业。事过许多年，邱先生回忆草创化学系的经历说："那时实在有点谈不上什么办学，只能说是惨淡经营！"经费困难到连购置最简单的玻璃仪器也要费周折。邱先生不得不事必躬亲花钱的事。他总是要把一个钱当两个钱来花，一个烧瓶、一个软木塞他都要自己去挑选，当宝贝似的使用。邱宗岳曾用"化学系是我的，我的也是化学系的"来表明他与化学系密不可分的关系，事实也确实如此。

《南开大学化学系第一人——邱宗岳教授》

▷　邱宗岳

## ❖ 侯洛荀：自行制造煤气的邱宗岳

　　邱宗岳是以开拓者的形象出现在南开大学的。他不畏困难，艰苦创业，从不说空话。南开大学化学系实验室是最早使用煤气的。煤气现在已经作为普通燃料进入了寻常百姓家"，而在五六十年代前，它可是稀罕物。我国化学实验在20世纪中，大都是使用酒精，从时间与经济上说，都是不方便、不理想的。虽然曾有少数大学自制煤气，以图代替酒精，但需费浩繁，技术也比较复杂，不克着手。而南开大学理学院在邱宗岳教授领导下，于1924年即着手于煤油热化器之研究，一方面意图解决实验燃料的问题，另一方面也是作为一项科学研究来进行。我还记得，我到南开大学之初，即听说在思源堂的地下室里，邱宗岳教授与张志基带着一些人自行制造煤气，经过了几年的努力，终于设计出一套定名为"煤气热化"的装置，制出了"煤油热化气"，亦即煤气。南开大学理学院有了自己的煤气厂，以后凡理科实验，除非用酒精灯者之外，一概可以使用煤气。许多大学闻风兴起。有的还借镜南开，建立气厂。前来参观的人更是络绎不绝。为推广煤油热化气之社会效益，邱宗岳与张志基撰写了《天津南开大学煤油热化装置述要》一文，并绘制了这一装置的详图，将这项创举公之于世。

《南开大学化学系第一人——邱宗岳教授》

▷ 1948 年 5 月 4 日在南开大学思源堂前，学生自治会举办的纪念"五四"大会

## ❖ 侯洛荀：重振思源堂

抗日战争胜利后，南开大学于1946年从昆明迁回天津。当我们一踏上长期眷恋萦怀的土地时，看到的却是满目疮痍，校园里断壁残垣，一片荒凉景象。我和邱宗岳先生带着从联大运回的七八件光学仪器来到理学院基地——"思源堂"。一眼望去，原来矗立楼前的两盏大灯不见了，那灯原是铜制的灯架，灯盖朝天，很是别致，因为侵略者需用铜制造武器，便将它弄走了。思源堂南面有座古钟，那是南开大学在八里台建校时从海光寺移入校园的。此钟铸造于明代，是南园中的吉金之一，也不见了。邱老神色黯然。思源堂里图书资料、仪器设备已荡然无存。而搬不动、移不走、烧不尽的房屋也被破坏得面目全非。有的教室房顶被炸，只剩四壁，试验室门窗改为"铁窗"，做过禁闭室，阴森脏乱，办公室有的做了厨房、厕所。至于地下室的煤油热化装置则全部被毁，变成侵略者的马厩。看着这一切，大家心情沉重，默默无语，倒是邱老说出了鼓励大家的话："留得青山在，不怕没柴烧！当时连思源堂都没有，我们不是平地起家的吗？只要有人，有一颗心，一双手，就能够也必须干出一番事业来！"

邱宗岳先生仍然出任理学院院长，仍以思源堂作为复兴工作的根据地，经几年的艰苦奋斗，规模渐复，有些方面还超过了战前。工学院应用化学研究所也在理学院里。

《南开大学化学系第一人——邱宗岳教授》

## ❖ 戴家祥：带病上课

▷ 戴家祥

1935年5月30日，南开大学举行"五卅"惨案10周年纪念。我被邀在会上做报告。记得在1935年"何梅协定"后的一天，华北刮起大风，我讲完北宋统一南唐政权之后，在黑板上写了李后主的两句词："小楼昨夜又东风，故国不堪回首月明中。"学生都默不作声地在自己的座位上，体会这两句词的含义。还有一次我身体不适抱病上课。学生们看到我满面病容，讲话有气无力，群起扶送回家。教师们也都登门探望。文学院长张纯明准备请朱庆永代我上课，第二天我却依然抱病而来，同学们感到惊奇，我却毫无倦意。把南宋的历史讲完后，在黑板上写上陆放翁的两句诗："遗民泪尽胡尘里，南望王师又一年。"那一天正是1935年的9月18日。

《忆在南开大学的二年》

## ❖ 戴家祥：有争议的人物

1935年下半学期，"中国通史"停了。校长张伯苓的弟弟张彭春（号仲述）倡议开一门"近现代学术代表人物"讲座，包括人文科学、自然科学在内。例如化学家诺贝尔、生物学家达尔文、物理学家斯坦因、数学家阿达姆等。我讲的是"明末清初学术代表人物"顾（炎）、黄（宗羲）、颜（元）、李（逮）。全校教员、学生可自由听讲，实行"三不主义"：不点名、不记分、不考试。我把写好的讲稿发给听课的师生。

我每周上3个下午课，每次课时3小时，共讲30个下午，讲稿计200多页。我从明朝政治腐败讲到朱家王朝走向灭亡的必然。最后，我从全国各报纸搜集到当时揭露社会腐败现象的文章，与明末政治腐败作对比，借古评今。讲座讲完后同事们纷纷议论。有的理科教师常带着奇异的口气问我，读报怎么搞到那么多资料？校长室秘书黄子坚则以轻蔑的口气问我："要向学生打气吗？"一位教农业经济的教师李适生当面斥责我"借古讽今，鼓动学生闹事"。唯独哲学教师赞赏我讲的是"肺腑之言"。商学院长何廉则说我"文举不错"，避而不谈内容。毁誉交织，我成了有争议的人物。

到了学期末，学校给我一封信："环境不许可，请另谋高就。"语文教师张洪城告诉我，有人说我常在课堂上骂政府，疑心我是共产党员。从岭南大学调来的陈序经教授的小姨子在南大旁听，对我讲的课由衷地佩服。陈序经曾为我奔走说情无效，转请北京大学历史系主任陈受颐推荐我去四川大学。

《忆在南开大学的二年》

❖ **刘无忌：**梁宗岱讲西洋名著

宗岱来到南开那年，正是英文系鼎盛的时期，系务在发展，同事关系好，学生人数多，大部分资质优秀，对于文学有兴趣。学校为成绩优良的学生设立奖学金，名额不多，但我们总是每年能得到一二名。在文学院内英文系独树一帜，为人才荟萃之处，师生感情和洽，学术空气浓厚，课外活动频繁。名作家应邀来校演讲者，有朱自清、朱湘、孙大雨、罗念生等。师生合组的"人生与文学社"，出版期刊与丛书，校外的罗念生（此时在北大）与水天同（山东大学），都是此社的支持者。皑岚的《苦果》，念生的《朱湘书信集》，在此时期先后印行。教员学生中的社员，如刘荣恩、曹鸣昭、高殿森、张镜谭、李田意、王慧敏等，在中西文学的研究与翻译方面均有成绩。等到1936年秋季，梁宗岱来校，"人生与文学社"又多了一位健将。为了这位法、德、英三国文学都精通的教授，系里增设一门新的功课，西洋文学名著选读，除本系教授外，还请早期提倡话剧运动有功的张彭春参加（他曾改编西洋剧本，在他的指导下，周恩来与曹禺都曾在南开中学登台上演）。在宗岱的主持下，系中教授轮流主讲自己所喜欢介绍的西洋名著，但讲演最多的还是宗岱，对这门功课他的贡献也最大。我还记得，《浮士德》是宗岱所选的名著之一，也许即由此引起他后来从事翻译这部歌德杰作的兴趣。

《才华横溢的诗人——梁宗岱教授》

▷ 梁宗岱

## ❖ 杨静年：政治系主任张纯明

张纯明先生是南开大学政治系主任，是我在经研所教行政学的老师。当时经研所的老师不但包括经济系的全体老师（教学与科研统一），而且也包括政治系的一些老师，如张纯明、王赣愚、林同济、张金鉴等，此外还有社会学家陈序经、法律学家刘朗泉等，仿佛和伦敦政治经济学院相似，是兼容并包的，这是经研所的第二个特色。当时经研所设在木斋图书馆（今行政楼所在地）地下室，师生同时上班，每天8小时，星期六下午和星期日休息。每人一张书桌，一个书架。张先生是河南人，美国耶鲁大学博士，何先生的连襟。当时任行政院简任秘书，后来出任河南省政府民政厅厅长。

张先生在行政院，院长孔祥熙有时让他写演讲词，到处去演讲，他找我去，就是叫我替他代笔。我被安置在行政效率促进委员会，名义是调查员。我们并不上班，每天只是各提一根手杖，到行政院走一遭。我也从来不曾代替张先生写过演讲词（可能是因为上面未再交下这项任务），我倒是利用空闲，参加了庚款留英第七届公费生考试，结果以0.9分之差落第。其实我的功课都比那位被录取的人考得好，因为专门著作占总分5%，他们送了，得55分，我没有送。当时我也有大学毕业论文可以送去，只是一时狂妄，认为每门课多考几分就得了，送它干什么，没想到竞争如此激烈。事后抄分，庚款董事会的人都为我惋惜。由于第二次世界大战，第七届学生也只能去加拿大。以后我等了6年，才能考取第八届庚款去到英国。

《我的人生历程与经研所的五位老师》

## ❖ 吴大猷：声誉与规模不成比例

南开大学的规模，已如上述，但享有的声誉，却与它的规模不成比例。卢沟桥事起，政府（教育部）即决定将北京大学、清华大学及南开大学南迁至长沙（北平其他大学迁陕之城固等处）。以学校的历史、规模、师资阵容、在社会上的声望言，南开实不能与北大、清华比拟。政府的重视南开，是由于什么考虑呢？无疑的，我认为是它的教授和课程的高水准。

它在早期的十数年中，毕业生之于学术，事业有成，闻名于社会的，就记忆所及，有张平群（外交）、张克忠（化工）、郦堃厚（化学）、郑通和（教育）、张兹闿（财经）、查良鉴（法律）、汪峰（外交）、刘晋年、江泽涵、申又枨（数学）、宋作楠（会计）、殷宏章（生物）、吴大猷（物理）、崔书琴、成蓬一（政治）、陈省身、吴大任（数学）、吴大业（经济）等。上节所述的教师阵容和这些学生，是南开声誉之所由来也。

《南开大学和张伯苓——大学和校长的特色》

## ❖ 吴大猷：不容小觑的学术成就

　　南开大学在学术上的成就，或可由下举事见之。民国37年中央研究院举行第一届院士选举，首由各大学校院、专门学会、研究机构及学术界有资望人士，分科提名候选人，约400余人，继由评议会审定候选人150人，最后由评议会选出院士81人。此81人中有南开师生九人，姜立夫（数学）、陈省身（数学）、吴大猷（物理）、饶毓泰（物理）、殷宏章（生物）、汤用彤（哲学）、李济（人类考古）、萧公权（政治）、陶孟和（社会）。后在台湾，更有南开师生被选为院士者有蒋廷黻（历史）、何廉（经济）、钱思亮（化学）、梅贻琦（教育）四人。《联合报》王震邦先生曾指出，中央研究院六任院长，有两位是受南开教育的人士。

　　上举之饶、汤、李、萧、蒋数人，皆先在南开大学任教而后为他校所罗致的。这更表示一极重要点，即南开在声望、规模、待遇不如其他大学的情形下，借伯乐识才之能，聘得年轻学者，予以研教环境，使其继续成长，卒有大成，这是较一所学校借已建立之声望、设备及高薪延聘已有声望的人为"难能可贵"得多了。

　　前者是培育人才，后者是延揽现成的人才。我以为一个优良的大学，其必需条件之一，自然系优良的学者教师，但更高一层的理想，是能予有才能的人以适宜的学术环境，使其发展他的才能。从这一观点看，南开大学实有极高的成就。

《南开大学和张伯苓——大学和校长的特色》

## ❖ 刘焱：黄钰生积极筹备复校

抗战胜利后，南开迁回天津，面临着复校重建的艰巨任务。早在南开师生返津之前，张伯苓校长派黄子坚先生到天津办理复校事宜，并推荐黄先生担任天津市教育局局长。黄先生不愿做官，张伯苓让人写信转告："天津教育局长事，校长虽不愿勉强吾兄屈就，唯为南开计，校长以为兄若能帮助张市长五六个月，实为两便。"黄先生见到张伯苓信后，经过考虑即向西南联大请假，于1945年10月来到天津，出任天津市教育局长，积极进行南开复校工作。在喻传鉴、伉乃如、孟广喆等协助下，仅几个月时间，就先后收回八里台南开大学原校舍和六里台、七里台的敌产中日中学和农场等，使六里台到八里台连成一片，成为南开校园。另外，还争取天津市政府同意，将迪化道（今鞍山道）原日本国民学校、高等女子学校及天津日本工业学校等校舍及其一切设备拨归南开大学，使南大复员天津时有了宽广的校园。

《回忆黄钰生先生》

## ❖ 刘焱：为争取公费而请愿

抗战胜利后，蒋介石发动了全面内战，引起国统区通货恶性膨胀，物价飞涨，激发了1947年5月全国各地学生的反饥饿反内战运动。当年秋季开学后，我们一些同学交不起伙食费，有的同学被迫辍学。当时，我是中共南开大学地下党负责人之一，上级党指示我们要关心群众生活，发动群众自己设法解决生活困难，并与国民党反动派进行有理、有利、有节的斗争。

1947年秋开学后，我们哲学教育系一些同学在一起议论物价和生活困难等问题，当时听说有规定，为鼓励学生将来从事教育工作，凡上师范院系的学生都可申请到公费。为此，我们提出哲学教育系也应争取发给全体学生公费。在场的同学都表示赞成，并决定发动全系同学签名，向学校请愿，要求发给全系学生公费。那时的公费每月发一次，相当于一袋面粉（45斤）的价钱，虽然不多，但可勉强解决每月最低标准的伙食费。同学们推举韩里、杨思复和我为代表，由我草拟请愿书，向学校请愿。

那时黄子坚先生任南大秘书长，并给我们哲学教育系讲授《教育心理学》。我和韩里、杨思复去办公室找他，呈上了要求发给全系学生公费的请愿书，口头上又详细申述了目前同学们生活困难的情况及请愿的理由、目的和要求，特别强调如果学校不能解决，我们将被迫向南京政府教育部请愿。黄先生因为是我们系的教授，知道我们三人。他态度和蔼，只是简单询问了一些情况，然后让我们等候学校研究答复。没过几天，黄先生将我们代表找去，告诉我们学校同意我们的要求，从下月起就发给哲学教育系全体学生公费。消息传出后，我们全系同学都非常高兴，一些生活确有困难的同学，又庆幸自己解除辍学的威胁，能继续留校求学。黄先生为解决哲学教育系学生的生活困难做了很大的努力，使我至今不能忘记。

《回忆黄钰生先生》

## ❖ 何廉：教学与研究相结合

1931年由我主管商学院和经济系，后把它们与大学社会经济研究委员会合并成经济学院，我就有权实现我朝思暮想的愿望，使南开所有的经济与商业课程的教学都合理化。我深切感到教师若不参加研究，教学只有死路一条，而科研只有通过教学才能持续不断地发展。师生之间思想的交流对教师是个鞭策，并且为学生造成机会可以激起他们的兴趣，通过他们自己的研究，就能够青出于蓝而胜于蓝。南开经济学院创办时，就有双重任务，既要根据中国情况讲授经济学，又要以研究的手段促进教学。我希望

▷ 南开大学校景

它能给师生带来这样的相互影响，使研究获得成果。因此，学院分配给每一位教员的工作是教学和从事研究相等的两个部分，这个办法在当时是个创举。

《经济教学改革的回顾》

## ❖ 何廉：教员危机

到1929年，南开又面临新问题了。在南京国民党政府治理下，公立大学从1928年开始接受国库的正常拨款。中国高等教育的情况日趋正规。国立清华大学在罗家伦校长治理下，处于飞速发展的阶段。由于有庚子赔款这一得天独厚的资金来源，清华在学院建制上拟定了一系列发展规划，为教授们提供了充裕的基金，兴办图书馆和购置实验设备。教学任务减轻了，薪金提高了。最重要的是为教授们规定了每七年出国休假一年的制度。

在政治动乱之中，处于"世外桃源"的南开却蓬勃发展了近十年。现在，在全国比较和平稳定的局面中，南开就不能再指望在与世隔绝的状况中继续发展下去了。1929年夏季，许多工作多年的骨干教员，包括萧遽、蒋廷黻、萧公权和李继侗，一起离开南开，去清华了，给学校的工作和学校的名声都造成了不可挽回的损失。由于南开拿不出那么多的薪金，让他们复职简直是不可能的。

这种情况使张伯苓大伤脑筋。我了解他的困难处境，对于离去的同事我也深感同情。他们曾忠诚地为南开工作过，薪水刚够维持温饱，很难有积蓄。而他们的家庭规模越来越大，消费日益增加，他们趁机到其他有关机构就任报酬更丰厚的职务，也是理所当然的。我本人则已骑虎难下，只能尽力而为，为南开的继续生存而奋斗。

1929年，南开教员中发生的危机激烈地反映在对于当前事务的重新评价与对于发展计划的重新设想上。张伯苓校长常常把我叫到他的办公室讨论学校的问题。清华不择手段地招聘教师，大大地激怒了他。我告诉他，在招聘教师上，竞相增加工资是不可避免的，而我们在这方面的一贯道德准则必须重新考虑、重新评价。对于南开的资金匮乏以及在一个根本谈不上工业化的社会中提高薪水的困难均深有体会。出于他坚强的信念和天生的乐观主义精神，他决心不向困难低头。他坚信像南开这样的私人机构在中国的高等教育事业中理应占有一席之地。问题在于私立的南开如何在为国服务中发挥最大的作用。他承认南开竞争不过国立清华和国立北大，然而我们有必要去竞争吗？我们难道不应当决定停止竞争，争取互相合作，同心协力，取长补短吗？南开坐落于商业都市天津，天津还有个成为华北大工业中心的前景，南开应当把重点放在培养企业人才和工程技术人才上，而当时的国立清华和国立北大尚未包括这两个领域。在我们讨论中产生的这个想法，促使张伯苓校长千方百计地加强商学院，并且一旦有可能，就建立一所工学院。

《我在南开大学的前十年》

## ❖ 何廉：教学"中国化"

在1926—1927学年，我教四门课：经济学原理、财政学、统计学和公司理财。在打算把这几门课合理化的尝试中，我看我的首要任务是充实教学材料。除开统计学课程，其他几门课的原理都是普遍性的，所以按照现有教科书教学就行了。我觉得绝对必要的是将中国的材料与学科内容融合在一起，并且利用中国的素材来解释原理，这样来使我的教学"中国化"。如果一位教师在教课中不能探讨本国当前的经济问题，我觉得他最多不过是在空谈。要把我的教学从"空中"带回到地面，要解决大量的难题。首先要逐步了解中国的实际经济现状。因为我受的是国外西洋学派的教育，我本人必须经历一个自我教育的过程。其次，还要使教科书中得出来的结论能被学生们应用。

我可以描述一下我的财政学教学，来解释这个过程。当时在中国的大学中教这门课使用得最普遍的教科书是卢茨的《财政学》，其补充读物是塞利格曼教授的著作《租税文集》。两本书都是由美国教授为美国公众和美国大学生写的，探讨与描述的是美国的财政学。起初我的学生也不得不依赖这些英文教材，我也得在讲课中使用英文术语来填补中文术语上的不足，幸而他们都受过良好的外语训练。在每次讲课中，我都试图探讨中国的财政学和存在的财政问题。当

▷ 南开大学早期教工宿舍

我遇到公共消费的问题，在讨论了复杂的原理之后，我就要说明如何将这些原理运用于中国的实际情况。后来当讲到岁收、公债和预算这些题目的时候，我也这么做了。

在第一年中，我所做的最大的好事，只不过是油印了中国材料作为教科书和我讲课的补充。到第二年年终，我已经能够把我开始编写的一本教科书的第一稿交给学生了。经过几年的课堂实践，终于最后定型为一本大学教科书，于1936年在上海由商务印书馆出版。

《经济教学改革的回顾》

## ❖ 何廉：教授支持图书馆建设

从某些方面来讲，南开大学图书馆的规模在1926年就颇为可观了，南开对其图书馆的投资是相当慷慨大方的。另外某些20年代初期进入南开的人在他们的专业领域中花钱收集了很多的书。比如蒋廷黻就建立了一个非常便于教学的史学（特别是欧洲现代史方面）图书馆。姜立夫是位在南开初创时期就进入南开大学的享有盛誉的老师，他是现在美国的杰出中国数学家和物理学家的元老，他负责收集了非常有价值的数学方面的书籍。在南开图书馆中经济学方面的藏书就十分贫乏，只有一些教科书和少数近期刊物，包括像上海发行的《银行周刊》和北京发行的《银行月刊》等专门商业杂志。

《经济教学改革的回顾》

## ❖ 何廉：课程安排合理化

在校四年的教材，最初包括商学院和文学院经济系的课程，要符合经济学专业和商业专业两种类型的学生的需要，必须重新编写教材以弥补目前经济学教学中的缺陷。我对当时存在的过分专业化极为反感，觉得对于学任何专业的任何人，一般的基础课都是必要的。因此在第一学年中，要求两类学生都应当学好普通课程，包括历史、地理、语文（中文和英文）、科学（物理、化学或生物）、数学。我认为这是对一个人思维体系的训练。在第二年里，给他们介绍经济学的基本课程，包括经济学原理、经济史和经济地理、普通会计学以及两门社会科学方面的选修课（政治学和社会学）。两类学生在前两年学习内容都一样，只是到了第三年和第四年，这些学生才按照学院规定的经济学和商业各种科目划分专业。这些科目包括经济学理论与经济史、农业经济、货币经济学和财政学，是经济学专业的学生所修课程；会计学、统计学、银行和商法则是商业专业学生的学习科目。

课程繁多，有许多是言之无物，空泛肤浅，华而不实的。我减少了规定课程的数目，充实了保留下来的那些课程的内容。记得我们有个教学委员会，每两周开一次会讨论教学问题和教学标准，大家同意基本上按照我讲授财政学课采用的教学方式。在经济学领域内的每个规定课程中，我们全院的每个成员都一致认为有必要使每门课程都"中国化"，来适应中国经济生活和经济组织的实际情况。

与此同时，学院的工作范围也扩大到包括相当规模的教科书编纂工作。这是打算利用全院教师们在理论联系实践揭示中国的状况与问题以及在教学中的经验来使学院得到更实际、更合适、更有用的教材。在这方面我们遇到了将经济学领域中的术语规范化这个大难题。就连经济学中最普通的术语，比如像效用、供给与需求等，不仅各大学之间用法不同，各门课程以及教科书之间用法也是五花八门的。

*《经济教学改革的回顾》*

❖ **何廉：** 朝不保夕的经费

然而经济学院的经费经常朝不保夕，总是靠不住的。由于教学与研究范围的扩展，开支也加大了。要进行实地考察的新的研究项目比起老的研究项目的开支要大得多。1930年到1931年的年度预算大约是现洋10万元，1935—1936

▷ 颜惠庆

年度则超过现洋30万元。大学每年为经济学院拨款为现洋10万元左右，所以它还得寻求新的资金来源来填补所需总数的1/2到1/3的不足部分。经济学院的董事会以颜惠庆博士为董事长，包括中国工业和金融方面的头面人物。在1930年秋季的第一次董事会议上，批准了一项提升10名教授和为20名学生提供奖学金的计划。计划向工业和金融组织建议，对教授的职位和领奖学金的具体个人不要采取在中国难以行得通的基金的方式，而采取每年赠款的方式。颜博士建议董事会成员应当向各个组织与个人提出建议，然后由张伯苓校长和我来做下一步的工作。回想起来，在1930年冬季，只用了很短的时间就做出了决定：支持提议的教授职位与奖学金。然而做出决定仅仅是经费运动的开始。募捐来实现这些决定则要经历一个旷日持久、徒劳无功、有时还要忍受痛苦的过程。

*《我在南开大学的前十年》*

# 第三章

# 校史与院系设置

## ❖ **邱真踪:** 南开大学成立

1919年暑假，五四学生运动告一段落，南开中学学生公推代表请张伯苓校长回校，筹备成立南开大学。新建楼房已经完工，新聘教授纷纷到校，新招学生也到校选课上班。南开大学定于8月20日开学了。南开大学校长是张伯苓，大学主任是凌冰。南开大学暂分文、理、商三科，每科分若干系，每系安排若干门课程，有必修科，也有选修科。每人每学期可以选15至18积点，每人每学年可以选36积点，四学年学满140积点，经校务会议通过，认为学习期满可以毕业，由校长发给毕业证书，并授予学士学位。

1921年南开大学在八里台买到一块300多亩的地皮，请建筑专家画了蓝图，分年按照计划建筑新校舍。适江苏督军李纯自杀，他留有遗书，捐南开大学基金银币50万元。后经他家改拨公债90余万元，可顶银币50万元。当时南开大学校董周自齐是北京政府财政总长，特许又拨给南开大学公债90余万元。这样南开大学基金就有近200万元公债。财政部不久又把这近200万元公债都给兑现了。南开大学有了这个数目的基金，就可以放手修建大楼了。八里台第一所建筑是秀山堂，给李秀山作纪念，内容包括礼堂、教室和学校办公室。第二所建筑是木斋图书馆，给卢木斋作纪念，包括卢木斋

▷ 秀山堂

一生所藏图书和以后学校所购新书。第三所建筑是科学馆，内容包括罗氏基金团所捐赠物理、化学、生物全部设备。第四所建筑是学生宿舍和饭厅。第五所建筑是教授新村。整个建筑花了银币100余万元。

1923年南开大学第一期学生毕业，人数不多，只有19个人，包括文、理、商三科，在秀山堂举行毕业典礼。第二期以后毕业人数逐渐加多。南开大学以后组织逐渐扩大，各科都扩大为学院。最突出的是经济学院和化工学院。经济学院还发展到经济研究所，对于中国社会经济制度曾有重点研究。

《天津南开大学》

## ❖ **邱真踪：**私立的好处

南开从中学到大学都是私立性质，好处是不受反动政府和军阀的限制，虽多年处在军阀混战的旋涡之中，却没受到任何伤害，与北洋军阀和国民党所办的学校都不同，与外国人所办的学校也不同。南开虽然向军阀、官僚、政客募集基金和经费，有时也请他们做董事，但多是私人性质，是利用他们的钱办自己的事，并不依附于某一政治势力。南开虽然也从国外募集基金和经费，但从不受外国人的辖制。只是后来张伯苓离开了他用毕生心血创办的南开，违背了自己举手宣誓"一生为南开"的志愿，去南京做考试院长，搞"国

▷ 被日机轰炸后的南开大学

大"，举总统，最后只落得他焦头烂额地逃出"国大"，病倒在上海。惜哉。

《天津南开大学》

## ❖ 梁吉生、王昊：日机炸毁南开大学

这是历史的见证。日本要炸毁南开是早有预谋的。

7月28日，侵华日军对天津发动全面进攻后，即以猛烈炮火攻击各教学楼和师生宿舍，并派出飞行第六大队以"九二式50千瓦弹"轮番轰炸。正如日本史学家石岛纪之文在其著《中国抗日战争史》中说，日机连续轰炸天津4个小时，"其轰炸的目标集中在南开大学"。后来，日军承认30日轰炸南开大学。7月29、30日，中央通讯社从天津发出报道："日机对南开大学进行有计划残酷的破坏，秀山堂、芝琴楼全被毁，木斋图书馆亦有一部炸毁……""两日来，日机在津投弹惨炸各处，而全城视线尤注视于八里台南开大学之烟火。缘日方因29日之轰炸，仅及二三处大楼。为全部毁灭计，乃于30日下午3时许，日方派骑兵百余名，汽车数辆，满载煤油，到处放火，秀山堂、思源堂（以上为二大厦，均系该校之课堂）、图书馆、教授宿舍及邻近民房，尽在火烟之中，烟头十余处，红黑相接，黑白相间，烟云蔽天。翘为观火者，皆嗟叹不已。"这场劫难使南开大学损失惨重，教学楼、图书馆、学生宿舍、工厂、实验室等设施损失殆

尽，其中包括中文图书10万册、西文图书4.5万册及珍贵成套期刊和理工科大部仪器设备，全部教学及办公用具等。以战前价值计算，损失约663万元（法币），约占当时全国高等学校全部损失的1/10。日军不仅炸毁南开大学，同时也对南开中学、南开女中、南开小学进行毁掠，共毁坏房屋30栋、中西文图书5万册及全部基础设施。日军在野蛮轰炸南开大学后，还对校园进行了军事占领。南开大学成为抗战时期中国第一个罹难的高等学校。

日军的暴行激起了国内外人士的极大愤慨。中央通讯社1937年7月30日从南京报道："天津南开大学经已故创办人严范孙先生及现任校长张伯苓博士四十年来惨淡经营，至今计成立大学、男女中学、小学四部，学生合计达三千余人。其大学、中学两部竟于昨、今两日被日军仇视，以飞机、大炮炸毁，中外人士莫不震愤。本京教育学术界人士，除教育部王部长30日晨曾亲访张氏，致深切之慰问外，该校留京各校友，亦均纷纷前往，向张氏表示对母校极关切之意。"蔡元培、蒋梦麟、胡适、梅贻琦、罗家伦、竺可桢、王星拱等7人于8月1日致电国际联盟知识合作委员会，报告日军侵略南开暴行，并请转达各国对日本进行制裁。

*《抗日战争中的南开大学》*

## ❖ 吴大猷："捐"出来的大学

南开大学是天津严范孙、范静生、张伯苓所创的一所私立大学。民国8年成立时约有一百人，到民国12年第一届毕业生只有二十一人；到民国26年抗战前夕，第十五届毕业生60余人，学生总数亦只有420余人，所以它是一个很小的大学。

开办时由社会人士捐助八万元；李纯的遗嘱捐基金50万元（实收到十万元）；理科得袁述之氏捐七万元；美国罗氏基金会先后捐十四万五千元；中华教育文化基金董事会捐十六万五千元；民国10年至14年得李组绅氏捐办矿科款十五万元；图书馆得卢木斋氏捐十万元、书二万册；李典臣氏赠藏中文典籍七百册。这差不多是南开大学首十余年全部所得。

校舍由开办时在南开中学旁的一座小楼，至民国13年迁入在八里台由捐、购、租的地七百余亩，在抗战前夕的大建筑思源堂（科学馆）、秀山堂、芝琴楼、木斋图书馆、男生二宿舍楼等。南开的经费，学宿费为一主要来源。学费每年60元，宿费两学期30元，这与国立大学（如北大）之学费每年约十元钱，自是很高的，但与教会大学（如燕京、岭南等）比较，则是平民化的了。

这样的学宿费，400个学生所交的学宿费，只够十来个教授的薪金。笔者没有该时教授的总数的资料，估计或40余人。学校的经费是如何筹措来的，不甚清楚，可能得助于中基会给予理科的补助（具上文）。在抗战前，国内（北平、上海）有许多的私立大学，是借学生的学费维持的（如北平的民国大学，容纳投考国立大学落榜的学生，人数颇大）。南开虽经费困难，但从来未作多收学生之意。

《南开大学和张伯苓——大学和校长的特色》

## ❖ 姜海龙：南开校董会

1919年创建的南开大学既为私立学校，它的管理方式也有别于公立大学，采取的是校董会下的校长负责制。

南开校董会最初成立于1919年，由校父严修以及为南开创建出力甚巨的范源濂等人组成。1920年，董事组成包括范静生、严智怡、孙子文、孟琴襄、蒋梦麟、王溶明、陶孟和、刘芸生、卞俶成等九人。1921年之后校董会人数一般固定为九人，任期三年，每年改选三分之一。除了学校董事会之外，各个学院也可以成立自己的董事会。历年来能够当选南开校董的多是南开的"财东"，由于南开私立学校的自身定位，办学经费成为制约学校成长的关键要素，所以，那些能够经常为南开捐款、筹款的官僚政要、民族工商业资本家，往往列身南开校董会的成员。与此同时，私立南开大学虽然在接受社会捐款上采取"美丽的鲜花，不妨是粪土浇灌出来的"的实用态度，但在校董人选的取舍上却慎之又慎，并不是完全"任人唯钱"，当选校董的政要商人除了必须能为南开筹得一定的捐款外，社会声望也一定要良好。此外，校董的组成人员还包括当时与南开渊源极深的社会贤达与学界名流。以1932年校董会为例，九名董事分别为严智怡、颜惠庆、陶孟和、胡适、李晋、李琴湘、卞俶成、王秉喆、丁文江。其中胡适、陶孟和、丁文江三人皆为著名学者。

根据南开大学章程规定，校董会的职责是：（1）聘任校长；（2）筹备本校经费；（3）议决预算及审查决算；（4）对于本校章程之制定变更或撤废予以同意。在这四项职责中，以第二、三项职责最为重要。南开校董其实成为了一个介乎学校与社会之间的平台，一方面向外筹款保证南开的生存发展，同时也利用董事自身的声望与影响为南开结交社会关系，社会关系与钱款一样，都是南开发展的必需。另一方面，他们向内对南开的发展方向也有影响，南开的校务一般都由张伯苓统筹规划，但是关于经费的使用、规章制度的变更等重要问题，还需要董事会的讨论决定。所以，南开的校董之于南开就如同保姆与新生孩童间的关系一样。

*《南开老校董》*

## ❖ 吴大猷：南开大学的系科设置

南开于民国8年至18年期中，学生由数十人至二三百人，设有文、理、商三"科"（民国10年至15年曾设矿科），各科有各部门的教授及课程（但不分"系"），例如理科有数学、物理、化学、生物四部门（民国十八年遵教育部令，始将"科"改为"院"）。每"系"教授只有二至三人，助教一至三人，学生三数人至十余人不等。每一教授授课三至四门；每两年将课程轮调，使二、三年级同习某些课，三、四年级同习某些课。

每一课程上课时间部分排在星期一、三、五或二、四、六。教学的参考书及习题要求均甚严：例如每一数学课，必有习题；星期一课的习题，学生务须于星期三的课前交卷，而教授则必于该星期五课时（由助教）阅毕发还，余类推。物理课程的实验，皆须作详细的报告。这样的训练，学生当时从未以为苦，后来且多感念。

民国8年南开大学创立时，国内已有大学多所，其最著者如北京有北京大学及后来师范大学的前身"高师"、天津之北洋大学、南京之中央大学的前身东南高师、唐山及上海之交通大学、上海的圣约翰大学等。南开以无何财力的私立学校而思与这些学校争一席之地，若不是张校长对教育的信心，是不敢尝试的。

《南开大学和张伯苓——大学和校长的特色》


## ❖ 黄肇兴、王文钧：成立经济研究所

南开大学经济研究所的前身是南开大学社会经济研究委员会。该组织是由何廉建议，得到张伯苓校长赞助，经校董会通过，于1927年秋正式成立的，何廉任委员会主任。1927年至1928年从学校预算中拨款5000元作为经费。同年，经陶孟和从中努力，中华文化教育基金委员会拨款补助4000元。此外，还有美国耶鲁大学的费暄教授在何廉回国前赠送其个人的美金500元。这些资金加起来将近万元，按当时的标准暂可开始科研工作了。何廉一面担任着繁重的教课工作，一面主持进行科研和调查工作，所用的助手往往是大学三、四年级选习何廉课程的学生。也有个别是中学毕业生经一两年工作后考入南开大学学习，多半是半工半读学习优良勤奋能干的大学生。先后有薛迪铮、李锐、吴大业、冯华年、华文煜、鲁光垣、李惠龄、李兰英、张英元、冯华德，后来有严子祥、胡元璋等。这些人毕业后，除个别病故或另就他业外，都成了研究委员会内的年轻骨干力量。当时委员会的工作，一是收集有关中国经济的中外文书刊资料，加以初步整理分析，并成立了小型图书室；二是编制分析物价统计资料。研究工作先是围绕着中国的工业化问题，

以后就从事天津地区手工业及半机械化工业的调查研究。由于工作开展，1929年初，何廉又邀请他在美国耶鲁大学的同学、经济学博士方显廷来南开大学任经济史教授，兼任社会经济研究委员会的研究主任。何、方两人长期的友谊与合作奠定了后来南开经济研究所工作开展的基础。

《何廉与南开大学经济研究所》

## ❖ 黄肇兴、王文钧：经济研究所的经济来源

南开经济研究所从其前身南开社会经济研究委员会成立时起，经济情况一直处于不稳定状态。经济研究所成立后，由于教学和调研工作扩大，而调查研究及购置国外书刊耗费则较多，开支随之大量增加。1930年至1931年预算是10万元，1935年至1936年增至30万元。大学经费每年10万元，不足部分就需要寻求新的资助来源，主要是靠金融界、实业界以及个人捐助。捐助最多的是金融界的所谓"北四行"，即金城、盐业、大陆、中南四家商业银行和实业界的水利化学公司、久大盐业公司。此外捐助户还有华北的纺织、水泥等工业和煤矿业。它们的负责人或者与何廉或者与张伯苓校长都有个人朋友关系。但是这些捐款都是按年捐赠，头年捐了，次年不一定再捐，因此仍是不稳定的。

再一项资金来源是美国洛克菲勒基金会（Rockeffeler

Foundation）。通过费暄教授的介绍，罗氏基金会对南开经济研究所进行了解之后，决定从1931年起给予5年的捐助，每年补助15000美元上下。这是罗氏基金会第一次对中国私立社会科学研究团体给予年金补助，以后又增加补助一定名额的毕业生和研究人员出国进修费用。后在抗日战争期间也曾给予直接间接的补助。在经济研究所经费最高时，罗氏基金会的补助达到全部经费1／3以上。这样就稳定了经济研究所的经费预算。

此外，还有在社会经济研究委员会时期接受的国外资助，主要是拉铁摩尔主持的太平洋国际学会补助进行的专题调查研究在经济研究所成立后持续下来的研究项目，其中主要的有山东、河北两省向东北移民的调查研究。在20年代后期，每年从华北往东北移民的数量很大，这是一个有重大影响的人口移动。1929年秋在日本举行的太平洋国际学会上，何廉提出调查方案，经太平洋国际学会决定每年拨款7500美元，为期三年，用于这项调查研究工作。

《何廉与南开大学经济研究所》

## ❖ 鲍觉民：研究生的招生工作

经济研究所自1935年秋开始招收研究生，是我国解放以前高等学校成批地招收社会科学研究生的唯一学校。从1935年至1948年的十几年中，除了1937年和1938年两年因抗战发生，学校迁移，以及1946年因抗战胜利，复员北返，曾两度暂停招生以外，经济研究所先后在天津、昆明、重庆三地共计招收了十一届研究生。每年招生人数多少不一，最多年份（如第一届）招收十名，少的年份仅有三四名，总计招收了研究生60多名，分别来自北京大学、清华大学、燕京大学、辅仁大学、武汉大学、重庆大学、复旦大学、大夏大学、厦门大学、金陵大学、中央大学、中央政治学校以及南开大学、西南联合大学等近20所学校。

每届招收研究生的专门科目（或称学门），并不完全相同，包括经济理论、国际经济、货币银行、时政金融、经济史、经济统计、农业经济、合作、土地制度、土地行政、地方行政、工业经济等。报考资格除规定为当时公、私立大学有关学系毕业以外，强调要求具有"明确畅达"的中文表达能力和必须具有外文的阅读能力；在报考时还要求具备在原校所习全部课程的成绩和该院长或系主任的介绍证件，然后通过汉语、英文以及至少三门专门学科考试及格后，才能录取入学。

研究生一般学习两年，学习科目及其内容，在抗日战争以前，主要分为地方行政、土地问题、合作、经济史四个方面。第一年规定必须在导师指导下从事基本学科的学习；第二年得分赴国内各地作实际考察（经济史则可代以专题研究），然后写成论文。抗日战争发生后，根据当时具体条件和需要，研究生的学习科目，重点为经济理论、经济史、国际经济、货币银行、农业经济、工业经济、统计学等方面。第一年仍以基本学科专门著作的学习为主；第二年第一学期则集中力量从事专门学科的研究，第二学期写成论文。两年学习期满，经过笔试及格后，经本所聘请校内外学者，组织论文审查委员会，负责评阅论文，并举行口试，及格后，授予硕士学位。

研究生学习期间，除每人每年发给相当或略高于大学助教工资的奖学金外，并在生活和学习条件等方面，也给予比较良好的安排。不少研究生，在毕业后由于学习成绩优异，被资送或考取出国进修深造。

*《解放前的南开大学经济研究所》*

## ❖ **鲍觉民：**经济研究所的特点

南开大学经济研究所从 1927 至 1948 年这一期间，虽然经历了八年抗日战争的破坏和几度搬迁，但就其总的工作中，可以归纳有以下几个特点：

（1）对于社会经济问题的研究，着重从实地调查和统计分析工作；

（2）对于经济问题的研究探讨，重视结合政治、社会等方面的密切关系，强调社会科学问题的整体性及其各专业学科之间的联系性；

（3）对大学本科学生和研究生的培养，在学习内容中十分强调基本学科的重要，在学习中强调严格要求；

（4）十分重视高等学校教师必须兼负教学、科研的双重任务，强调教学和科研工作的密切关系。

*《解放前的南开大学经济研究所》*

## ❖ 伉铁儁：创建应用化学研究所

1932年，南开大学还没有工学院，应当隶属于工学院的化工系当时尚在筹建中，而应用化学研究所作为理学院的一个组成部分先行创建，为什么要创建这样一个研究所？原因可能是多方面的。但是，在大学里办研究所强调"学以致用"，使学校的教学与科研结合社会之需要，培养能从事专业实践的有用人才，则是这个研究所创办的目的与宗旨。当1933年出版《应用化学研究所报告书》第一卷时，就研究所的"缘起"写了一段话："我国学校与社会之间，夙称隔阂。隔阂之意，盖谓学科与国情不合，而学生之所学，非即其将来之用也。此其流弊，在工程学科之中，以化学工程为尤显。"因此，南开大学校长张伯苓先生与研究所创办人张子丹教授在给研究所定名时特别强调"应用"（Applied）二字，在化学研究所上冠以"应用"二字。

南开大学创建应用化学研究所，为国内外有关方面注目、欢迎。因为50年前，化工尚属新兴科学，大学里办化工类的研究所更属凤毛麟角，而创办人张子丹教授20年代自美国麻省理工学院获博士学位归来，在国际、国内化工学界负有盛名，由他来创办研究所，可谓众望所归。更为重要的是"应用"二字为实业界、为社会所欢迎，因此当时国内有关方面，有关实业界的人士以及拟依靠研究所提供协作的天津化工制造厂家，都捐助资金，促其筹建，因而张伯苓校长批准研究所在校内领取的经费很少。研究所自力更生，自己来解决经费困难，本着少花钱多办事，乃至不花钱也能办事的精神，开展了科研、教学、试验、生产诸方面的活动。在抗战前的那些年，南开大学应用化学研究所办得颇有生气。

《抗战前的南开大学应用化学研究所》

## ❖ 伉铁儁：初期的应用化学研究所

1932年应用化学研究所初办时期，由于人力少，子丹教授就从化学系学生当中，选择了几个人，参加研究所的工作，我就是其中之一。子丹教授办事业，不事浮华，不做表面文章，而是要求实干，要效率，要效益。他身为所长，却没有他所不干的事，对于我们这些在学的学生，要求是格外严格；对于一般研究人员、工作人员也一样，每个人都有明确的工作任务、工作数量、研究课题。子丹教授以身作则，每日不分八小时内外，埋头苦干；把研究所当作休养场所，视研究工作为清闲差事的情况，可以说从所未有，也是绝对不允许的。研究所的科研工作人员的队伍，一直保持着短小精悍的特色。全所人员最多的时候，包括所长在内不过15人。而著名的化学家、理学院院长邱宗岳教授和著名的化学家杨石先教授也在15人之中，他们的工作重点是指导科研，所以全所实际工作人员只有13人。留美的著名化工学家张洪沅教授担任副所长兼研究部主任，高长庚（少白）教授为导师，研究员、助理研究员六人，练习生三人，还有助理员一人，主要担负后勤管理工作。人员不多，而严格要求择优使用，避免滥竽充数。研究员、助理研究员均为国内大学高材毕业生，练习生也要求高中毕业的文化水平。大学毕业生入所为助理研究员，工作三年而有成绩者，晋升为研究员。现华东工学院化工系主任苏元复教授和化工部设计院总工程师卢焕章先生都在研究所工作过。

这个应用化学研究所没有高楼大厦，只由学校拨款建筑了一个比较简陋的平房，其中开辟了三间专题研究室，一间普通研究室，一间分析实验室，两间化工实验室和一间图书资料室，一间天平室。后来，由于社会上委托任务很多，研究所也生产一些社会上所需的化工产品，才增添了一些简易的厂房，成立了工厂。研究所上自所长，下至研究员、助理研究员，都肩负教学与科研任务，这是大学所设研究机构与独立的科研单位的不同之点。除此之外，由于研究所经济条件所限，加之许多科研、生产设备都不易购置，所以根据需要，工作人员还必须自己担负设计制造化工设备及简易仪器的工作，又先后设计安装了精馏塔、双效真空蒸发器、压延设备、连续过滤机、旋转干燥机、螺旋原油机、混合机、喷洒干燥机等。通过设计并制造这些化工通用设备，不仅解决了生产、科研的需要，也丰富了化工教学的内容。所以全体15人，每人都有很多工作要做，负担都不轻。而大家精神饱满，除上课以外，就是在所里搞分析、搞设计、做试验，进行科研，工作效率极高，计划一年完成的分析，用短短一个寒假的时间就完成了，马上又接新任务。我们对于上下班、度假日这类观念很淡薄，除吃饭、睡觉外，几乎大部时间都是在所里度过。这里面有为造福人类从事科学工作的神圣责任心在支撑着我们，也有古今中外优秀科学家刻苦的传统在砥砺着我们。同时，也由于自然科学研究离不开试验和实验，往往不能上班做，下班停，工作要求连轴转，工作人员也就必须夜以继日地工作。也正是由于大量的科研实践，使我们增长了专业知识，提高了水平，并且锻炼了能适应国内工业发展形势并解决实际问题的本领。我们每年接受来自工厂、企业和有关单位的委托项目总数不下几十件。

《抗战前的南开大学应用化学研究所》

第四章

回想南开大学的校园生活

## ❖ 陈省身：15岁入南开

1926年，我15岁时考入南开大学。南开就在八里台。当时的八里台全是荒地。学校最老的房子是秀山堂；另外，美国人捐了一部分款。中国人也捐了一部分款，盖了思源堂。后来被日本人炸掉了。那时南开理学院有4个系：生物、物理、化学、数学。头一年进去不选系，就念数学、物理、化学、国文、英文5门课。我大概不会进生物系。我化学搞不好，实验不会做，所以也不会念化学系。我选了力学，数学的力学。这样不但不会进化学系，连进物理系的可能也不多了，就进了数学系。头一年姜立夫老师请假到厦门大学去了，二年级时他才回来，教我们的课。姜老夫子是一位很好的老师，课讲得很好。他一个人讲授高等微积分、立体解析几何、微分几何、复变函数论、高等代数、投影几何等七八门课程。当时南开有理学院、文学院、商学院，总共300多学生，不及现在南开一个系的学生。所以大家都认得。我们班就5个同学，我和吴大任是同班。头一年还不大熟，三年级就很熟了，差不多整天在一起。他比我大3岁。他数学也很好。

*《我最美好的年华是在南开度过的》*

▷ 陈省身毕业照

❖ **吴大猷："跳"上了大学**

　　1925年春，我正读高二，决定夏间以同等学力去考南开大学的矿科。考试科目有中文、英文、数学、化学、物理。平时，我已将高三（大学）普通化学课本读完，高三物理却不如化学那么容易自己搞清楚，只好听天由命了。考试结果：物理合格，英文、数学、化学三门优良，"跳级"成功，就此进入大学之门。回顾在中学阶段的五年中，英文和数学的根基打得最好，应该感谢这两门功课的老师，他们都给了我适当的学习机会。化学的根底还是靠我自己用功得来的。

《回忆在南开学校》

▷ 学生宿舎全景

▷ 北极亭

▷ 女生的排球课

## ❖ 吴大猷：被迫转系

"跳"上了大学，也如愿进了矿科。第一年的课程有英文、数学（微积分）、物理（定性分析）、矿物学、岩石学、测量、工程绘图等。每周有五个下午都是做实验，其中物理一个下午，化学两个下午，矿物（岩石）一个下午，绘图一个下午。开始时，对物理一科觉得不能入门，但到学期终了时，感到已能应付了。

"天有不测风云"。在我刚刚读完一学年时，学校突然将矿科停办。原因是捐款办矿科的李祖绅先生，由于他经营的煤矿不景气，本身的事业难保，因此无法对矿科资助。矿科不能再继续办下去了，学校便允许我们转入理科的数学、物理、化学各系。

我当初怎么会想到矿科学习呢？主要原因：矿科是一门实用科学，毕业后谋事容易；同时我认为自己天资有限，比较适宜于应用学科的学习。现在矿科停办，如果转到其他学校再读矿科，也很困难，因为在当时，大学中开矿科的学校极少，在北方仅有一所北洋大学。我如留在南开，由于第一学年成绩优良，可以免掉学费、宿费，这在我是不能不慎重考虑的。权衡再三，决定转入本大学物理系。

*《回忆在南开学校》*

## ❖ 吴大猷: 我在南开物理系

南开大学那时是一所规模很小的大学，中学倒有几千人，大学部的学生只有300多一点。教授都很有名望：理科有姜立夫、钱宝琮二位，物理系有饶毓泰、陈礼二位，化学有邱宗岳、徐允钟二位，生物有应尚德老师。

我在南开四个学年，选修了下列课程（学分）：

国文（6）、英文（6）、世界文学（6）、德文（6）、微积分（6）、高等

▷ 吴大猷

微积分（6）、解析几何（6）、近代代数（6）、微分方程（3）、复变函数（6）、物理（10）、电磁学（3）、电磁度量（实验2）、近代物理（3）、初等力学（3）、力学（6）、光学（3）、分子运动论（6）、高等电磁学（6）、直流电机（3）、交流电机（3）、无线电（3）、定性化学分析（6）、定量化学分析（6）、物理化学（6）、气象学（3）、矿物学（4）、岩石学（4）、测量学（2）、工程绘图（2）。时隔较久，对上列所列学分数，容或有错误。

这些课程，除了因为经过半个世纪科学技术进步而有所差别以外，与目前的并无大的不同之处，仅仅在训练上有些区别。那时，所有的数学课程每课都有习题。每星期一、三、五留下的，必须隔一天，即三、五、一交出，教授又隔一天，即五、一、三阅改后发还，师生都绝无拖延情形。物理课程的初等力学、力学，做习题同数字一样。此外如高等电磁学，由个人自行作《J.H.Jeans》一书中的习题。其他如电磁变量，直、交流电，无线电等实验，都要写出详尽的实验报告，就像书中的一章。这些训练，使学生对所学知识有清楚的感性了解，得以作出有条理的叙述。

在大学二、三年级时，我开始用功，涉猎的知识面也越来越广。最先是在一个暑假里，将《Oliver Lodge》这本讲原子的通俗书译成中文，然后又将Planck的《热辐射论》由德文译成英文。目的，一半是学习它的内容；一半是练习德文的阅读和写作。以后又将Sommerfeld的名著《原子结构及其光谱线》的德文本与英译本对照起来阅读。并和杨景才、龚祖瑛、沈士骏等几位同学组织了一个讨论会，分别研读，轮流报告，我读的是相对论。在四年级时（1928—1929），自行摸索着阅读期刊中介绍量子力学（矩阵力学）的文章。刚好，在近代代数课程中学过矩阵代数。姜立夫先生的近代代数课只有五个学生，陈省身是其中之一。因为人少，所以每人作一篇报告论文就代替期中考试了。我作的一篇是关于微分几何的，因为它与相对论有关。

在大学的几年中，不仅真的明白了求知的意义，也提高了求知的兴趣。那时，我的希望是将来能从事研究，得列著作之林，这多少有些"功名"思想掺杂在内。那一段时间我从未经过真正的考验，

▷　南开大学早期的大中路

不知自己知识和能力的限度，以为前途像地毯一样，一推就会自动展开。一个人最快乐的心情，乃是对前途的企望。

《回忆在南开学校》

## ❖ 郭沛元：大中路上的洒水车

过了大中桥，走上"大中路"。"路"并没有铺筑花费较高的沥青路或水泥路，而是"废物利用"，铺的"灰渣"路。走在这样的路上，脚下没有水泥路那样冷冷的、硬硬的感觉，却觉得轻捷松软。

当年在母校学习时，课余饭后，二三同学散步，走在绿柳成荫的大中路上，时常遇到洒水车。洒水车并不是载有大水罐的喷水大卡车，而是一头小毛驴拉着的木桶水车，边走边在车后放水，牵着驴走的校工不是年富力强的中年壮汉，更不是小伙子，而是一位白发苍苍、留着一绺山羊胡子的老者。我们英文系的几位同学遇见他时总是怀着尊重的心情戏呼一声："Longevity！"走在洒过水后软软的路上，心情顿觉悠然舒缓。

《管窥之见——30 年代初期在母校生活学习感受》

## ❖ 郭沛元：一只"南船"

伫立马蹄湖畔，忆起了那时候停泊在湖中的一只"南船"。一位天津寓公把从南方家乡运来放在自家花园池中欣赏的一只"南船"，捐赠给老校长。因年久失修，船身已经破损。老校长并不因其破旧而拒绝接受，特雇修船工匠照原格式修复一新，放置马蹄湖中，点缀校景。老校长还曾偕同二三人兴致勃勃地乘到校址南面的青龙潭试航一周。我认为老校长所以肯用一笔修船费修复此船，并非他对乘坐"南船"有多大兴趣，而是出于对捐助南开者一番心意的尊重。对于捐助南开的，无论是巨资上万，还是一二物件，同样地受到尊重。

*《管窥之见——30年代初期在母校生活学习感受》*

## ❖ 郭沛元：可敬的打钟人

南开校工的任用可以说是量事用人，充分使用，十分精简，各尽职守，却并不是过度劳累。大部分校工都是中年以上，没见过十几岁、二十几岁的青年工人。例如，负责洒水车和一些校园杂务的校工仅用一力能胜任的老年人。偌大的教学楼、学生宿舍，每幢楼仅安置二三校工，工作却做得有条有理，井然有序。宿舍校工二人，从打起床铃开始，直到熄灯铃止，一直在工作岗位上。为了方便学生守时，宿舍校工还兼按时"摇铃"任务。楼道地板、教室、宿舍的阅报兼夜自习室、卫生间等等，经常洁净无尘，门窗玻璃明亮。就连学生宿舍卧室，校工也给拖地板，收拾干净整齐。工作这么繁重，却从未见到哪位校工劳累得汗流浃背，或有什么怨言。主要是因为他们训练有素，做起工作来熟练轻松。在这些校工中还应该说一说当年那一位守时不懈的老校工——打钟人。

回忆南大学习生活，不由得想念多年掌握大学生生活脉搏的打钟人！

在校园中心，马蹄湖畔，方方的钟台上架一铜钟，钟高及口径各约不到一米。据说铜钟为某寺庙遗物，寺庙被毁后转移到南大使用。这钟可以说是获得新生了。那时南大尚未安装电铃，铜钟一响，声闻全校。

打钟人每晨必先于学生起床打起床钟，早、午、晚餐钟等等，打钟的任务由他一人全权掌握。记得只有一次是由学生"掌权"打的钟，就是那年学生自动集合，开动员大会，准备南下南京请愿，要求国民政府出兵抗日的那一次。

打钟人在秀山堂内休息，每次打钟，他便步行走到钟前，恰好正点打钟，打钟完毕，又回到秀山堂。自秀山堂到钟台往返不过百米上下，但每日往返若干次，每年累计他要走多少里路，可能只有他心中有数。无论冬夏，也无论风霜雨雪，更无失误，若没有一种精神支持着，恐怕不易做到。

《管窥之见——30 年代初期在母校生活学习感受》

## ❖ 何廉：课堂上的激烈辩论

我的努力有了成效，我和我的学生都非常满意。学生对于他们功课的兴趣增加了，他们很重视课堂上讨论的机会，而且常常提出很现实、很尖锐的问题，把讨论引向中国经济问题中的本质方面。比如，我记得关于土地税问题，引起过一场激烈的辩论。基本土地税包括土地和人头税及折合粮食税。前者缴钱，每亩折合银若干两，后者缴物，每亩折谷若干石。然而由于此时的纳税者手中没有银子，而且送缴实物也行不通了，土地和人头税由交纳银两变为交铜币，然后变为交现洋，折合粮食税由交纳谷物变为交银两，然后变为交铜币，最后变为交现洋。谷物和银两之间以及银两和现洋之间，纳税时的兑换率在不同年份、不同地区，甚至不同县份之间都有区别。至少到1931年，当废除银两的时候，就由各个县太爷在他管辖的区域内为纳税者规定了兑换率。一位学生问我，为什么收税规定交银子，而他父亲却只能用现洋来交税呢？在回答他的问题时，我就趁机指出这个兑换率正是增加税收的手段，是贪污中饱的来源。因为兑换率的最轻微的变化也会给所收税款总额上带来极大的变化。政

▷ 南开大学校钟

府可以并且已经实际利用兑换率的变更达到增加税收的目的，同时收税官员们从他们当官的利益出发，必然利用兑换率作为盈利的手段。

《经济教学改革的回顾》

## ❖ 吴大任：靠奖学金自立

我上大学之前，父亲那个供我上学的朋友去世了。幸而四年的学宿费都免了，而且我在大学又两次获得理学院的奖学金，那本来也是免交学宿费，但因我已经得到中学的免费，所以那两年每学期就发给我现金45元。此外，有两个暑假我到中学暑期学校教书，每次有大约50元薪金，还免饭费。我还为姜立夫先生抄写数学名词，干了半年多，每月有10元报酬。这样，在大学期间我的生活费有2/3可以自给，解除了经济问题在我思想上的压力。

当时南开大学奖学金制度是这样规定的：达到一定条件的才能获得奖学金，但每个学院每学年至多授予一个。奖学金是根据前一学年的成绩评定的，而授予的形式是免下一年的学宿费。1926年因矿科停办，大猷转入物理系，他得到1926—1927和1928—1929两个学年度的理学院奖学金，我得到1927—1928和1929—1930两个学年度的奖学金。

《我的自述》

## ❖ 吴大任：初入物理系

上大学时，我认定我宜于学物理，就入了物理系。南开大学有个不成文的规定：除体育外，每人可选五门课，成绩好的可以选六门。所以一年级上学期我就选了体育、中文、英文、微积分、物理和定性分析。下学期又加了地学通论。那年姜立夫到厦门去了，教微积分的是专长中国数学史的钱宝琮，教物理的是饶毓泰，而最引起我兴趣的是邱宗岳的定性分析和竺可桢的地学通论。邱先生是物理化学专家，讲定性分析非常细致深入；竺先生的地学通论讲了不少的天文，而我对天文早就有浓厚的兴趣，所以在1931年暑假，我就到图书馆大量借阅无机化学和天文的书。

在二年级，我选了饶先生的理论力学和现代物理，饶先生对基本概念的阐述比较深入。在理论力学班上，学生有陈省身和吴大猷，饶先生对这班学生的成绩很赞赏。现代物理全面介绍了当时实验物理的新成就，使我大开眼界。一次，饶先生让我看他老师密利根所作的测定电子质量和电荷的实验报告，并且让我在班上介绍，他听了很满意。课外，我常到理科阅览室看美国的物理杂志《物理评论》（Physical Review），我看到密利根关于他发现宇宙线的报道和他对宇宙线来源的最早分析。那时宇宙线还没有定名，我写了一篇短文

《大宇中的高频辐射》，在我负责编辑的《理科学报》上发表（《理科学报》是理科学会的小报，而理科学会是理科学生的群众组织）。饶先生拿了这份学报在班上连连说好，显然有点激动（这是他第二次这样赞赏，第一次是学报上发表了我的一篇《光之追越》）。

《我的自述》

## ❖ 吴大任：从物理系到数学系

尽管我对物理兴趣很高，但在上三年级时我还是转到了数学系。原因有三个：第一，饶先生身体不好，不能再开许多课。第二，二年级时我还选修了交流电和无线电两门课，它们本质上都是工科课程，其中理论不难，但我对实验操作兴趣不高。我认识到，我对物理的兴趣主要在理论方面（对化学也有类似情况，我对定性分析兴趣很高，学定量分析，因为理论简单，兴趣就大减）。第三，姜立夫先生回来了，我选他的微积分和立体解析几何都是学年课。可是到了下学期姜先生让申又枨接他教立体解析几何，他自己另开学期课投影几何。在选课时，理学院院长饶先生不让我继续选立体解析几何，要我选投影几何（我不能都选，都选就是七门课了）。我知道这是姜先生的授意，就选了投影几何。姜先生讲这门课也确实精彩。

这样，数学系对我的吸引力就超过了物理系。不过，我对理论物理的兴趣依然很高，我是怀着对物理的惜别心情和对饶先生的深深歉意转系的。在三年级，我仍然选学了饶先生开设的电磁学理论。三年级我选修了姜先生的高等代数和复变函数论，它们不是几何，但是作为几何专家的姜先生讲这两门课总是密切联系着几何背景和几何应用，因而讲得活。四年级，我选修了姜先生的微分几何、n维空间几何和非欧几何，这些都是姜先生的专长。学了那么多几何课，我的兴趣自然就集中于几何。至于姜先生教学质量之高，教学方法之灵活多样，我已写得不少，这里不重复。可以一提的是，我的微分几何听课笔记，姜先生后来打印发给以后的同学作为讲义了。

最后两年，我还学了两年德文，一年法文。这两种文字的数学书我都能阅读了，这对我后来的学习生活起了很大作用。在英国时，我需要看意大利数学文献，有了英、德、法文的基础，我又自学了意大利文，很快就达到能阅读的水平。

《我的自述》

❖ **吴大任：** 回南开做助教

▷ 吴大任

1931年秋季我到清华复学，又和陈省身同班。在清华这一年也不理想，我选了四门课，可是那年"九一八"事变后学习不安定，更重要的是，我的导师给我的第一个研究课题是明显没有科学意义的。所以，当

存 根

學生吳大任像係廣東省高要縣人現年二十二歲
在本校理學院算學系修滿規定學程成給於
科學士學位

中華民國十九年六月二十八日 畢業 武漢大學院長

▷ 吴大任毕业证存根

1932年姜先生叫我回南开做助教时，我马上接受了，中断了研究生的学习。

在南开，我除了批改两门课的作业外，还把姜先生的投影几何课上我记的笔记整理成讲义发给学生。

这一年我还得到科研的初步训练。德国汉堡大学的中年教师斯佩尔纳（E.Spemer）在北大讲课，姜先生知道他让北大的青年人看一篇文章，就让我也看。不久，斯佩尔纳来南开大学访问，姜先生把我介绍给他。他告诉我，那篇文章应当改进，让我试试。我根据他的思路作出了初步成果，他很满意。

《我的自述》

❖　**张源：五育并进**

南开不但倡导"智、德、体、群"，还加上一个"美"字，五育并进。美，就是生活美术化—艺术化，但不是浪漫派，不修边幅。每周不定哪天上午，舍监们检查宿舍，看看哪个同学床铺整理得整齐清洁，用军事用语说就是检查内务。南北长廊墙壁上布告牌内有住宿学生名单，检查结果最好的，名下就打个"美"字，最差的打什么字我忘记了，不好不坏名下空白。这也是鼓励学生生活美化的方法之一。

《从小事看南开》

▷  男生宿舍

## ❖ 张源：春假

那个时候，春假放七天，正是春暖花开的好天气。学校在每个春假都组织几组旅行团，到天津附近的名胜或工业地区参观游览。有的到北平，游览明陵、长城等地；有的到塘沽参观久大、永利两工厂及渤海或黄海研究所；有的到唐山参观启新洋灰厂（水泥厂）、开滦煤矿和交通大学。有一个参加去唐山的这一组，住在交通大学内，我们团员还和交大里的南开校友比赛一场篮球。

大概是在民国20年的暑假，校方与北洋舰队洽妥，南开学生乘坐海圻号军舰，自天津去青岛往返，在渤海上遨游。我性喜旅行，跃跃欲试，可惜收费太高（20余银元），我无法负担，只好作罢。

*《从小事看南开》*


## ❖ 张源：学费偏高

南开是私立，学校的发展固然靠校长募捐，但经常费用还是靠学生缴费，所以学费偏高，这也是不得已的事。我念南开的时候，学费每学期大洋30元，宿费15元，预偿费2元，还有别的费用约2元，中学、大学一样。每学期之初注册缴费，总得带上50银元，还不算膳费。每年下来，要花费300元左右；手面大的，甚至得400元，这个数字不是一般家庭负担得起的。当时乡间的小学教员全年收入也不过200元。民国26年，南京最著名的鼓楼小学资深教员每月薪水只有40元。所以体育主任章辑五先生早年想考南开，因为花费大而投考他校。可是张校长也顾到附近的贫民，在南中校墙内西南角划出几间平房，办理平民小学，一切免费，选高中部年长学生充任校长。成绩好的学生还可免费升入南中，我同年级至少就有这么一位学生。

《从小事看南开》

❖ **张源：**行政工作效率高

南开办事设想周到，有条理，有效率，以每学期之初的注册来说，其效率之高，当时并未注意，现在回想起来，实在令人敬佩。注册是在一斋（北楼）楼下第一、二、三几个房间办理，沿着长廊摆有椅凳，供学生排队时坐。缴费、领书、宿舍分配抽签（同年级学生可以单独或伙同二人、三人或四人同住一房，房间号数由学生自己抽签决定）等事，分别在这几个房间办理，一个学生不要几分钟便可注册完毕。

▷ 南开大学初创时旧址

还有一件事也足可证明南开办事效率之高。每次寒暑假放假后不出七天，我就能接到学校寄来的成绩单。我家距天津九十里，寄信则要走两天。换言之，放假后五天内学校即寄出。在五天内，全校学生的考卷得评阅、计分并誊写完毕。还有每逢暑假，学校并寄来一厚册是年教职员及同学通讯录，并不另外收费。试问现在的学校，哪一所能办到这些事？

《从小事看南开》

## ❖ 张源：暑期学校

想考南开的，大多先读南开暑期学校，补习英文、数学一科或两科。每星期一至五上午上课，一科两小时。教师多由南开大学的高年级学生担任。是否也补国文、理化，我忘记了。我在民国15年补习英文一科，因为南开初一英文自商务的模范读本第二册教起，而我以前读的是法文，英文一窍不通，必须在暑期六个星期内读毕全年的模范读本第一册。皇天不负苦心人，我居然以第十八名考中，学号是5498号。

《从小事看南开》

### ❖ 张源：学校里的露天电影

暑期，学校每逢星期六夜晚，演一场露天电影，票价是一角钱。我还记得民国15年第一次演的是《小场主》，由王元龙和黎明辉主演。学校开学后，每两个星期的星期六晚上在大礼堂演一次电影，票价也是一角钱。当时戏院的票价是四五角钱，加价的电影如《璇宫艳史》(Love Parade) 是一元。我初入南开，还是默片时代，演电影时，由二三同学演奏钢琴和提琴，至今我也不知道他们是完全服务呢，还是另有报酬。

提到《璇宫艳史》，这部由Maurice Chevalier（法国人）和Janet Mac Donald（美国人）主演的电影，真可说是轰动一时，一元钱的票价我看了两次。电影中的阅兵歌，南开军乐队为各种乐器谱成了乐谱，在运动会运动员绕场一周时演奏。我在军乐队吹大号，同班同学严保泰（民国21年考取上海交大）吹小号，他吹这个曲子特别动听。

*《从小事看南开》*

## ❖ 张源：整齐清洁的校园

再必须一提的，是南开校园的整齐清洁，给人以耳目一新之感。南开墙外环境很糟，西边是"臭西湖"，乃是天津下水道之总汇；南边是墙子河，即"臭西湖"流出的脏水。由西南城角到达南开的马路是泥路，根本没有水沟，一遇下雨，满街泥泞，不坐"胶皮"（天津话，洋车）寸步难行。而一进了南开大门，则另有一番景象。窗子上没有破玻璃，玻璃无不倍儿亮，花园里的稀疏花木，鱼缸内的点点金鱼，到处整齐有序，顿使人发生一种飘然之感。这主要由于管理"堂役"（即工友）的成功。盖每一堂役均有其特定的职责，划分清楚，无可推诿。哪部分出了毛病，就以该管堂役是问。所以人人尽职，不敢疏忽。如学生在操场踢球，打破玻璃，该管堂役马上手持赔偿条跑出，找你签名，在赔偿费内扣缴，立即便有工匠装好玻璃，至迟不超过次日。这是何等的效率！

*《从小事看南开》*

▷ 马蹄湖旧景

### ❖ 慧珠：死里逃生

怀着忐忑不安的心，我们刚一跨出门槛，忽然落下一个炸弹，侥幸还没有炸开，却把我们吓回屋了，胸脯起伏着心跳得更厉害。第二次我们又冒险走出去，才走了几步，前面一个炸弹轰然爆炸了，我们又慌忙逃回来，这样出出入入一直到4点钟。炮弹的距离越来越近，炮声也越来越响，如此情况，实在不容我们再行等待的。总算还有勇气，我们拍拍胸，紧紧拳，一鼓勇气直奔后门，急忙上了小船。炮弹像生了眼睛一样，老是跟着我们，直向我们追逼来，一个个越逼越近，有一颗恰巧在小船附近的河岸上猛烈地爆炸了。我们一群中某一位职员跌在小沟里，"咕咕咕"地喝了好几口黄泥水。有一位同学也使劲地往船舱底下钻，又一位拼命拿草席往头上盖，好像草席可以挡得住炮弹一样。

小船离校航行只五分钟，一个炮弹击中了秀山堂的楼顶，轰然一声，一团黑烟从楼顶冲出来，熊熊的火光也跟着冒上来。在我们的眼前，秀山堂的影子逐渐暗淡了，模糊了，消失了！"完了！"我们叹息。小船上每个伙伴，眼角挂着辛酸的泪珠，眼眶一圈圈地泛红。遥望那30年来南开校长、教职员、学生们努力结晶的秀山堂，现在只冒着团团愤怒的烟火了。

*《南大被焚记》*

## ❖ 慧珠：亲历日军轰炸南开

我们到达了天津的英租界，敌人的飞机已经出动轰炸南开了。图书馆、经济研究所、芝琴楼（女生宿舍），都相继中弹起火。一直到傍晚，八里台的烟火还旺盛地燃烧着。啊！全天津，全中国同胞都遥望这烟火而愤激！

第二天，100个野蛮的敌人骑兵，带着煤油和铁铲等破坏工具，冲进南大。所有科学馆（思源堂），男生第一、二宿舍，教员新旧宿舍（柏树村），电机工厂，木斋图书馆，幼稚园等学校的建筑物全然被焚毁了。

现在，假使我们站在天津英租界的高处往八里台望去："水木南开"已经只剩下"枯木焦木"，400多亩的校址也只有瓦砾一堆。在那废墟上，秀山堂的水泥钢骨还巍峨地屹立着，似乎这便是我们卓越坚忍精神的象征。前日，张伯苓校长发表谈话说："敌人只能毁掉我们的物质，毁不了我们南开的精神！"这句话可以说代表了我们南开全体师生与校友的一般情怀和态度。我们深深地了解："恢复南开"与"收复八里台"这两个口号是完全一致的。我们希望"明天"能在八里台重新"埋头苦干"。

《南大被焚记》

## ❖ 邢源：杨校长家的小花园

杨石先校长是1923年秋搬进东村的，当时住40号。30年代，日本侵华战争中南大校园被日军轰炸，百树村住宅惨遭兵燹，仅余22所。1946年复校后重新修建，杨先生入住东村43号，直至去世。

43号杨校长家的院儿最与众不同的是，杨先生特别爱花而且会养花，他家除了院儿里的几蓬修竹一树海棠和高高爬上屋顶的凌霄花外，院儿外的花坛也种满了各式各样的花草，月季、紫竹、石榴、丁香、四季桂、一品冠，在东村堪称真正是一个小花园。

有一年暮春，我父亲路过43号，看见杨先生提着一把喷壶正在给花浇水，那是一簇绿杆儿带刺儿长长枝条开着小黄花的植物。父亲便请教杨先生这是什么花？杨先生说，这是荼蘼。说着又随口道："不是说'开到荼蘼春事了'吗，就是它。"后来父亲对我讲，杨先生不仅是一个化学家。听他念这个断句的语言节奏，就知道先生的国学素养非浅。父亲说，荼蘼花又叫悬钩子蔷薇，古称佛见笑、独步春、百宜枝，有雪白、酒黄、火红三色，大多为白色。杨先生所吟句出自宋朝诗人王琪的《暮春游小园》，原诗一般都记为："一从梅粉褪残妆，涂抹新红上海棠。开到荼蘼花事了，丝丝天棘出莓墙。"还有记为"开到荼蘼春事了"。杨先生选用后者透露出一个自然科学家的科学态度，荼蘼花开过了还有别的花会一直开下去，但春天自荼蘼花开过后就结束了，一个"春"字贴切、明亮，杨校长确实有深功底。

《杨校长家的小花园》


## ❖ 南周: 芝琴楼里的女生

芝琴楼是够丑陋的，"远看像条小兵船，近看又像个火柴盒子"，许多人都这么说。

不过，这只是她的外表，芝琴楼主对这一点是不介意的，由于她含蕴的丰富，使大家都很欢喜她快快而悠然地生活，在她的怀抱里。

本来，南大的全体女同学都住在这儿的，自从去年政经学院搬了家，便剩下文理工三院的了。人口疏散之后，显得比以前宽敞恬静，不过我不愿在这里介绍芝琴楼的房间、浴室以及水厕，我只愿介绍一下芝琴楼主们的性格。

尽管各自的生活不同，作风各异，但是在许多大事情上，大家的看法是一致的，例如沈崇的事件她们便表示了最沉痛最愤怒的抗议。在反内战反饥饿的旗帜下，她们勇敢地站在前面，直到最近的反美扶日运动，她们也参加了宣传小组，和男同学一起到市内"突击"去。芝琴楼人是从来未落伍过的，她们参加过每一次的民主运动而且从中获得经验与教训，而慢慢地锻炼着自己。

芝琴楼人以天赋的女性的最伟大而又平凡的牺牲精神，为她们的共同生活不断地增进福利。谁都知道南院膳团是最"率"的，而且从未停过炊。考试放假面粉大涨价，她们不惜以最宝贵的时间很有限的精力来解决困难，理工学院的功课是够繁重的，但她们仍得要干！文学院的姐妹们往往体谅到这一点，于是抢先去做，她们就在这样友爱的气氛里，合作着干好事情。

芝琴楼人是活泼而又朴素的，办起膳团来虽然简练得像一个家庭主妇，动起来却又像个跳跳蹦蹦的小孩子，她们晚上是常常开夜车的，但黄昏的散步、唱歌、排球却没有放弃过。她们深知这些生活节目必须保留，因为人不是机器，身体也是必要的，她们也要用功，但是不做书呆子，当别人看见她们又大又宽的大褂，也许会觉得很"土气"，可是她们就喜欢那样，她们所追求的美是闲在的，有着更高价值的。

*《复校后南开人的生活》*

## ❖ 南周：一年断了三次炊

在南大比较成问题的要算吃饭问题了，仅仅东院，这短短一年内就断过三次炊，因为同学中穷的多，大部分人吃、穿、用全靠这一点点公费，自费同学更苦，好在去年起每月可以领到配给面，总算解决了一半困难，加之学校里有多种奖助金、自助金，名额虽不

▷ 昔日的芝琴楼

抗战胜利后，北洋大学于 1946 年复校，图为复校后的北洋大学校门

多，自费同学申请起来也并不太难，如能抓住一两样，吃饭问题也大致可获解决了，且东院地居市区，课余出外兼事也比较方便，有些同学就是这样一边做事，一边读书的。

《复校后南开人的生活》

## ✤ 南周：讲究穿着是可耻的

说到穿衣了，在南大衣服方面向来是很少人注意的，大部分同学都认为在穿着方面讲究是一件可耻的事情，因为大家都有很多的事情等着要做，有更多的书籍等着去读，根本就没有这么多的时间精力花费在穿衣打扮上面，所以在南大无论你穿得多么落伍也不会有人笑话你，只要你生活上思想上并不落伍，同样会受到同学们的尊崇，相反地那些西装笔挺的打扮得花枝招展的，虽然是像十年前的大学生派头，然在今天却反会被人瞧不起，"少爷"、"小姐"这在南大是很叫人难堪的名词，很多真正的少爷和小姐自进入南大以后，也渐渐脱去了原来那一套习气，时代不同了，就以南大说，十年前的南大也不好与今日的南大相比的。

《复校后南开人的生活》

▷ 木斋图书馆

## ❖ 刘光胜：木斋图书馆的由来

1927年3月，寓居天津的卢木斋捐资10万银元兴建南开大学图书馆（今马蹄湖北面行政楼地址）。为保证工程质量，卢木斋亲往现场督工。历时一年，这所占地920平方米，可容数百读者座位的图书馆及书库终于建成。为尽快开馆，卢木斋将本人"知止楼"藏书捐出6万卷为基础。1928年10月17日为南开大学9周年校庆，新图书馆落成庆典同时举行，严修、颜惠庆（曾任北京政府国务总理）等暨各界名流数百人盛赞观礼，卢木斋亲致贺词，当场将新图书馆钥匙交给校长张伯苓。为感谢卢木斋先生捐资嘉惠南开师生的义举，南开大学将新图书馆命名为"木斋图书馆"，以资纪念，永志不忘。

1929年11月30日，国民政府明令嘉奖卢木斋兴学助教的义举，国内各报刊载赞扬。

*《卢木斋与木斋图书馆》*

第五章

漫谈校风与校制

## ❖ **曹汉奇：** 南开精神的内涵

当时，社会上相当多的人对"南开精神"表示赞赏，南开学生也常以"南开精神"自勉和互勉，甚至引以为自豪。张校长也常常以宣扬"南开精神"而自负。所谓的"南开精神"，就是南开提倡的道德，我的体会，可归纳为以下三点：

一、对工作规规矩矩，认真负责，不调皮，不捣乱。张校长常常称赞南开会计课主任华午晴老先生为典范。

二、做人、处事、竞争、比赛，要 fair play（公平竞争）和具有 sports manship（体育精神），客客气气公平对待，不取巧，不弄鬼，不占便宜的精神。比赛输了，要甘心认输，向胜利的对方表示祝贺和敬佩！体育课章辑五主任常以这样的精神教导学生，因此受到张校长不断赞扬。

三、个人奋斗是张校长经常教导学生的，可以说是"南开精神"的中心。张校长讲南开校史时，就突出讲他是个人如何奋斗起家。训育老师在礼堂作集会讲话时也以个人奋斗鼓励学生。南开中学图书馆高悬两张大照片：一张是美国教育家孟禄，标志着南开办学所遵循的道路；另一张是林肯，林肯由于个人奋斗爬上了美国总统的宝座。

*《从南开发展过程看张伯苓校长》*

## ❖ 梁吉生、王昊：南开精神永存

　　南开被炸时，张伯苓不在天津。此前，他应邀出席蒋介石在庐山召开的"国是谈话会"。蒋介石发表了对日宣战的长篇讲话，宣言"和平未到根本绝望时期，决不放弃和平，牺牲未到最后关头，决不轻言牺牲"，使人们受到极大鼓舞。张伯苓听完讲话后率先提议："我们应该不分党派，团结在一起。"得到与会人士一致赞同。庐山会议后，他本想立即返津，但南京的朋友挽留并劝告他说，日本人对南开及你个人都很嫉视，必要时必将破坏南开，并将予你本人以不利。7月29日，他得到南开被炸的报告时说："时余并不惊讶，因此事已在意料之中。教育是立在精神上的，而不是立在物质上的。"他向中央社记者发表谈话："敌人此次轰炸南开，被毁者南开之物质，而南开之精神，将因此挫折而愈益奋励。"《中央日报》为他的谈话发表"社评"指出："62岁的老人，34年苦心经营的学府，一朝毁灭，而所表现的态度，乃'重为南开树立一新生命'。这就是南开精神。""全国同胞应郑重记着张伯苓先生的言论，全国同胞要发挥张先生讲的南开精神。"

*《抗日战争中的南开大学》*

## ❖ 梁吉生：早婚的学生开除学籍

中国社会自古就有"早结婚、早生子、早得利"的传统，早婚现象十分普遍。张伯苓在南开立下禁令，不满20岁就结婚的学生开除学籍。那个时候的议论是："你办你的学校好啦，你管人家什么岁数结婚呢，学校怎么干涉起家务来啦，荒谬之至！"而张伯苓却坚定不移地执行这个禁令。

*《教育家张伯苓》*

## ❖ 梁吉生："学校不可以有贪污"

张伯苓常说："社会可以有贪污，学校不可以有贪污"，"社会可以有市侩，学校不可以有市侩"。他的部下，都是洗手奉职，纤尘不染。学校后勤负责人华午晴主持建筑包工，当时承包者都要拿出一部分工钱，向主事人送礼，谓之"回扣"。这已成为社会上不成文的规矩，然而华午晴不但拒之不受，还愤然作色，处罚送礼的人。以后的承包者均以此为戒，不敢再行贿了。

张伯苓这样教育别人，更是这样要求自己。他席不暇暖，仆仆于国内海外，为学校募款几千、几万元。有的外国人捐款只是出于对张伯苓办学的敬佩，几千美元，只以一条小金鱼作为纪念，不少爱国华侨慷慨解囊，不愿留名，不要收据。所有这些，张伯苓未有一文入了私囊，都分毫不差交到学校。他为学校增辟了几处校址，为学校盖起楼房，为教职员安排好适合用的半西式独院住宅，却从未想用学校的钱替自己建一所"校长公寓"。多少年一直住在南开后边毗邻电车厂的一个羊皮市中。三间平房，门前晒满附近居民制作的臭羊皮。据说，有一次张学良登门拜访，汽车在这普通居民区的土道上转了多次才找到张宅。张学良亲睹此景，不禁惊叹道："偌大大学校长居此陋室，非我始料！令人敬佩。"

*《教育家张伯苓》*

❖ **梁吉生：** 走后门成不了正式生

在南开，从来不卖文凭。论南开的声誉和地位，如果这么卖文凭，滥发毕业证，学校可以得到一大笔收入。曾经有人向张伯苓传话，只要为其子侄发毕业证书，他可以给南开一笔可观的捐款。张伯苓听了一笑置之。他有时抵不住某些权贵的势力，不得已也开"后门"，但只能做试读生，还不是南开的正式学生。吴大任回忆说：

"试读生多半是军政界要人或'关系户'的子弟，不经考试入学，学宿费加倍，个别的加倍又加倍。试读一年，考试及格，可以转为正式生；不及格的退学，那是不讲情面的。用现在的话说，可以说是'走后门'，但它是半公开的，而且升级或毕业都不降低标准，所以和现在的'走后门'又是有区别的。"

《教育家张伯苓》

## ❖ 张镜潭：严格的考试制度

南开大学的教学方法与考试制度，都十分认真、严格。我在南大英文系读书，选修了法语作为第二外国语，教授是段茂澜先生。他教学认真，讲授得法，每周授课仅仅三小时。但为了他这三小时，我们必须预习十小时左右，否则就不敢去上课。因为他用直接教学法，用法语一问一答，你答不上来，他就当面训斥，毫不客气。正由于此，我们学习法语三年，能坚持到底者，都能学得很好。又如，司徒月兰先生教我们英文作文。我们交卷后，她认真批改，批改后，她还把我们每个人叫到她家中去，分别地逐字逐句加以指点，使我们对自己的错误能够理解得深透。在教学方面，这样的事例是很多的。

南大的考试，不仅严格，而且方式很多，有测验、小考、大考。测验随课举行，不计其数。小考按月举行。大考则非常郑重其事，有如入学考试那样，即各年级学生都集中在一个大教室里，按号入座，监考人是注册课职员，众目睽睽，无法作弊，这样的考试，学生们必须认真对待，难怪当年南大学生的淘汰率是相当高的。记得外文系我们那一班，一年级入学时有三四十人，毕业时仅仅有三个人。当然，被淘汰的同学不一定都是因为功课不好。

《昔日南大琐记》

第六章

社团与革命

## ❖ **谌小岑：** 觉悟社

1919年9月16日下午2点，在青年会里，10个女青年和10个男青年分开来各列一边坐在那里，两会负责人事前曾商量推周恩来为主席。20个人中有些人已认识了好几个月，也有几个是第一次见面的。经过郭隆真和谌志笃分别介绍认识，富有历史意义的觉悟社就在这天成立了。

周恩来从一开始就是觉悟社的领导者，每次开会都是公推他当主席，虽然常是经过一番推让，但推让的结果，大家都说"还是翔宇来吧"，以后也就成为习惯了。在这第一次会议上，他提出了一个预先征询过大家意见的方案，经过一番讨论就通过了。这个方案的基本内容是：

（一）用白话文出一种不定期的刊物；

（二）本着"革心""革新"的精神，以"自觉""自决"为主；

（三）刊物定名为《觉悟》，主办这个刊物的团体就叫"觉悟社"；

（四）觉悟社的活动内容为：通过共同研究发表主张，批评社会生活，介绍名人言论，灌输社会新思潮。

在那次会议上，最后又经周恩来同志提议，决定用天津学生联

▷ 《觉悟》

▷ 觉悟社旧址

合会和女界爱国同志会的名义邀请李大钊先生来天津讲演。

《我所知道的觉悟社》

## ❖ 谌小岑：李大钊与觉悟社成员的谈话

李大钊先生是在觉悟社成立后的第五天，即9月21日到天津来作学术讲演的，也是第一个被邀请到觉悟社来谈话的。我们对于他那种朴素、慈祥、谦虚而亲切的态度，有很深刻的印象。他在简短的谈话中，对我们成立一个男女合组的团体和出版一个不定期的刊物表示赞同，这对我们是很大的鼓舞。他走

▷ 李大钊

后，我们都传阅了他在《新青年》上发表的几篇文章，特别是《庶民的胜利》《布尔什维主义的胜利》和《战后的妇人问题》三篇；后来又读了《我的马克思主义观》。这是我们第一次从李先生的文章中接触到马克思主义。女社员对于他把女子当"人"的提出，更是非常有兴趣。有几位女社员曾长期反对把女性第三人称写成"她"字，她们主张用"伊"来代替。1923年在天津出版的《觉邮》《女星》等旬刊和1924年出版的《妇女日报》，在行文中，都是用"伊"字来代替"她"字作为女性第三人称呼。

李大钊先生那次来到觉悟社，使多数社员都同他发生了关系，也就是从他那里接受了不少马克思主义和俄国十月革命的道理。

《我所知道的觉悟社》

## ❖ 刘焱：成立哲学教育学会

我们哲学教育系争取公费的请愿胜利之后，同学们都感到组织起来的必要，于是经我们提议，很快成立了全系同学参加的南开大学哲学教育学会，我们3个请愿代表被选为常务理事。学会定期开展活动，如举办师生联欢会、课程讨论会、时事座谈会；公开出版壁报、研讨学术、评论时政。当时，黄先生作为学校主要负责人，曾应邀参加过学会举办的全系师生联欢会，对学会给予支持。随着工作的开展，地下党以学会为阵地，组织同学阅读进步书刊，参加学运，一些同学逐步提高了政治觉悟，先后秘密地参加了中国共产党或党领导的青年秘密革命组织"民青"，到天津解放时，哲学教育系同学中有近一半的人先后成了中共地下党员或民青成员。其中张怀武、越德敦、韩敬庸、黄少梅、张敏等人在1948年"八二〇"国民党发动大逮捕前后，就根据党的指示，撤入解放区，投入到建立新中国的战斗。

《回忆黄钰生先生》

## ❖ 刘焱: 工友夜校

哲教学会成立不久，经理事会研究，决定建立一个工友夜校，招收南大工友学习。这样，一方面使会员有个实习教学的阵地，另一方面可使同学接近工人，帮助工人提高文化水平。以哲学教育学会要求有个实习教学的阵地为由，我们向学校正式提出申请，又去见黄子坚先生。作为老教育家的黄先生，很赞同我们要求办学的想法，并答应了我们的要求。这样我们就顺利地向学校正式办理了登记办学手续。

之后，我们即制定教学计划，遴选教师和工作人员，推举学会常务理事杨思复负责工友夜校工作，并很快开始招生。当时工友大都粗通文字，学习热情很高，报名学习者达五六十人，约占全校工人的一半。按原有文化程度高低分两班上课，课程设置有语文、算术、常识、社会发展简史及时事等。参加工作的同学有张敏、程德华、施尔鸿、黄浣、孙凡斌、童若兰、刘立华、冉光秀等人。地下党也以夜校为阵地，通过时事、社会发展简史等课程和个别谈话等方式，加强工人中的政治思想工作，启发工人觉悟，在工人中创建党和民青组织，到天津解放时，先后参加地下党和民青的工人有张德茂、董昌亮、陈金荣等13人，他们在保护学校迎接解放的斗争中，发挥了重要作用。

《回忆黄钰生先生》

## ❖ 叶雪芬、王昊：人生与文学社

为了培养人才，罗皑岚和柳无忌于1935年初发起组织了人生与文学社，出版《人生与文学》月刊和丛书。这一社团的成员大都是南开英文系的师生，其中有梁宗岱、刘荣恩、张镜潭、王慧敏等才俊，在北大任教的罗念生也是成员之一。罗皑岚不仅是《人生与文学》的主编之一，也是该刊物的主要作者。1934年11月至1935年3月，天津《大公报》曾连载了罗的描写大革命时期男女青年恋爱的长篇小说《苦果》，风靡一时，受到读者欢迎。为了活跃英文系的学术空气，罗、柳等人联名，先后邀请当时文学界著名学者朱自清、孙大雨、罗念生等人来南开讲学，内容涉及方言问题、美国现代诗歌、古希腊文学等等，这些讲座曾引来南开学子对文学问题的热烈讨论。在南开的紧张工作之余，罗皑岚也找些机会自我放松。每逢周末，他便约上柳无忌、李霁野、王芸生、王余杞等文化名流一起聚餐，席间随意谈论文艺问题，他们高谈阔论，品评月旦，甚是欢愉。这种愉快的"星期聚餐会"着实持续了一段时间。

《罗皑岚在南开的日子》

## ❖ 廖永武："一二一八"大示威

1935年12月9日，北平学生在党的领导下，冲破了国民党反动政府的禁令，举行了英勇的抗日救国大示威。12月16日，北平学生又举行了规模更大的爱国示威运动。消息传到天津，天津学生立即响应，于12月18日掀起了抗日救亡的怒潮。

这一天的上午9时，天津学生组成两支游行队伍：一支由南开大学和南开中学等校组成，他们在出发前，召开了大会，提出"反对华北自治"，要求"全国团结，一致抗日"；队伍出发后，会合了中西女中和汇文中学的一部分同学，途经南马路、东南城角、东马路，到达金刚桥南边。一支由法商学院出发，路经天津师范学院、扶轮中学、震中中学、工业学院等校，会合成更为雄壮的队伍，举着"天津学生请愿团"的大布旗，到国民党市政府请愿，推代表要求面见市长。市长不敢出来见学生，由秘书孙某出来接见，孙某对学生所提出反对"防共自治"，动员全国抗战，人民有言论、结社、集会自由等要求不予答复，充分暴露了国民党蒋介石卖国求荣，仇视革命人民的反动面。当请愿代表向全体学生报告交涉经过时，学生们怒不可遏，立即举行游行示威。

南北两支队伍正准备会合时，遭到杀气腾腾的军警所排成的一堵人墙所阻挡。学生高呼："中国人不打中国人！""欢迎爱国警士们和我们一致要求抗日！"经过数度冲锋和反复搏斗，许多学生虽然被军警打伤，但士气愈来愈旺，在统一指挥下，两支队伍一声呐喊，南北夹击，终于冲破了反动军警的阻拦和堵击而胜利会师，沿官银号，东马路，进东门，出南门，一路上举行浩浩荡荡的抗日大示威。学生们群情激愤，斗志昂扬，沿途高呼"打倒日本帝国主义！""反对华北自治！""停止内战，一致对外！"等口号，喊出了天津人民数年来被抑制在心坎上的挽救国难的呼声。

游行队伍在预定地点——南开操场召开全市学生大会，宣布成立"天津学生联合会"，并发表了抗日宣言和通电，要求停止内战，一致抗日，允许集会、结社自由等。大会还决定19日举行总罢课。

"一二一八"大示威冲破了国民党反动派和日本帝国主义制造的恐怖气氛，提高了群众的抗日觉悟，揭开了天津人民抗日救亡运动的新的一页。

《"一二·九"运动在天津》

## ❖ 梁吉生、王昊：抗日救亡中的南开师生

面对日军的武力威胁，南开大学师生没有屈服，而是更加激发了他们强烈的忧患意识和救国责任感。他们以南开大学东北研究会为依托，组织教授和东北籍学生有计划地深入东北工矿企业、社会

机构、农村调查研究，揭露日本侵略东北和中国的罪行。他们还编印《日本问题专号》，举办陈列展览，出版专著，对日本在中国东北进行军事、政治和经济侵略事实予以揭露，教育和警醒国人警惕日本军国主义的狼子野心。这在当时的高校中是开风气的。不仅如此，张伯苓、何廉、张彭春等人还利用出席"太平洋国交会"的机会，多次以无可辩驳的事实与日本代表进行针锋相对的斗争，呼吁国际社会警惕日本的战争阴谋。

南开大学师生还开展了校内外募捐活动，以支援前方抗敌将士。"九一八"事变爆发，东北来津难民不下千人。天津在新车站铁道外旧道尹公署、西头清化寺及戒严司令部旧址分设三个收容所。东北来的学生多在戒严司令部旧址收容所，南开及各校学生热情为他们服务。南开大学还破例接收东北大学学生免费入学，使东北学生在国难流离中免遭辍学之苦。

1932年初，上海爆发"一·二八"对日抗战，南开大学师生积极投身到宣传十九路军英勇抗日事迹的活动中，同时广泛发动捐款慰劳抗日将士，一次汇洋500元。

慰问长城抗日将士。1933年冬，侵华日军进逼热河，在喜峰口长城附近遇到中国守军的殊死抵抗。宋哲元、赵登禹、何基沣等将领率第二十九军与敌人展开激战。张伯苓不仅亲自致函感谢前方将士为国杀敌，而且多次组织南开及天津各校师生慰问前线将士。在喜峰口战役之前，部分南开师生就曾到河北三河慰问二十九军将士，鼓励他们英勇抗战。翌年初，南开师生24人携带饼干1000磅、毛巾3000条、肥皂3000块赶赴通州慰问。5月教职员工再次捐资购置担架28副、手术台10架、药箱20只及大批绷带、棉花。同时，将厦门大学教师职员救国会所托寄的2494元捐款代购钢盔捐助抗日将士。1936年11月，日军联合伪蒙军进犯绥远，遭到国民党军傅作义部英勇抗击，取得了百灵庙大捷。在全国各界群众掀起的援助绥远抗战热潮中，南开大学学生踊跃参加活动。他们不但到街头巷尾发动各界群众为抗日将士捐款募寒衣，还举行义演。同学们将募捐来的钱和衣物寄往绥远，并派南开大学学生代表冷冰、阎沛霖等人亲赴前线慰问将士。

《抗日战争中的南开大学》

❖ **梁吉生、王昊：**地下党组织的成立

1936年2月根据中共指示，平津学生建立了"中华民族解放先锋队"（以下简称"民先"），南开大学民先队由李明义等人以"铁流社"为核心组成。与此同时，南开大学地下党力量也有了进一步加强，朱家瑜、程人士、贾明庸、刘毓瑶等先后加入党组织。7月南开大学党支部成立，程人士（宏毅）任党支部书记，贾明庸任组织委员，刘毓瑶任宣传委员，隶属该支部的党员有5人，另有在市内工作的李明义、沙兆豫、王绥昌、朱家瑜等分别参加民先党组或学联党组。

这年暑假后，南开大学学生自治会改组。地下党组织完全控制了学生会的领导权，民先组织也进一步壮大。在中共天津市委的领

导下，学校党的工作跨出了过去狭小的圈子，慎重而又积极地开展起来，受到越来越多的师生同情和支持。这时期，党还组织南开学生开展了对二十九军爱国官兵的工作。

*《抗日战争中的南开大学》*

## ◆ 戴家祥：到南京请愿

不久，北平"一二·九"运动的消息传到天津，南开大学的同学和教职员工立刻响应，集合在大礼堂宣布罢课，到南京请愿。南下的办法是在同一车次的火车，每人买一张短程车票，分头从几个车站上车。青年教师杨学通、戴家祥等到东站送行。

请愿队伍为了不引起有关当局注意，上车后按约定时间同时戴上赴京请愿的红袖章。列车长看到这种情况，遂即向上级报告，有关当局下令火车停开，在沧州车站把车头摘走了。当时正是数九寒天，车辆断了暖气，请愿队伍陷入饥寒交迫的境地。消息传到学校，教职员工组织后援队伍，用小汽车送衣食支援。南京当局派教育部参事戴亢观、科长谢树英来到沧州。他们劝说学生："当前外交、军事形势十分严峻，要给政府一个安定的秩序。"请愿队伍愤怒地说："华北形势糟到这个地步，难道政府不知道吗？"戴、谢二人被学生的话语感动得哭了。后来南京政府以蒋介石的名义通告全国各高等学校各推两名教职工和两名学生代表去南京与蒋面谈，希望学生立即复课。

代表们到南京后，当局首先带领他们参观新编的36个调整师。每师12000人，装备有火炮、坦克、机关枪和现代化通讯等。然后蒋介石出来讲话，同时向全国广播。由于日本电台的强大电流干扰，我们在天津听得不完整，只听到他讲："有人说，意大利攻占阿比西尼亚，阿比西尼亚还同意大利打了一场；我们阿比东尼亚却一让再让。我要出出风头那容易得很，但我是全国统帅，不能那么草率，不打则已，打就要打赢。给我一些准备时间，以空间换取时间。你们向我请愿，我现在向你们请愿。敌人敢于欺侮我们，不单是兵力强弱问题，主要是科学技术落后于他们。我希望你们广大师生好好地读书，好好地研究科学，赶上世界科学水平。"蒋介石的讲话，有一定的欺骗性，请愿运动就此平静下来。

此时，南开大学校长张伯苓正在南京，他赞赏学生"做得好，符合南开精神"。南开教工公推戴家祥起草告同学复课书，林同济、刘朗泉修改后发全校。

《忆在南开大学的二年》

**图书在版编目（CIP）数据**

老南开 / 中国文史出版社《民国趣读》编辑组编 . — 北京：中国文史出版社，2017.7

（民国趣读 / 韩淑芳主编）

ISBN 978-7-5034-9228-0

Ⅰ . ① 老 … Ⅱ . ① 中 … Ⅲ . ① 随笔 — 作品集 — 中国 — 现代 Ⅳ . ① I266.1

中国版本图书馆 CIP 数据核字（2017）第 104903 号

---

**责任编辑：** 张春霞 高 贝

---

出版发行：**中国文史出版社**

网 址：www.wenshipress.com

社 址：北京市西城区太平桥大街 23 号 邮编：100811

电 话：010-66173572 66168268 66192736（发行部）

传 真：010-66192703

印 装：北京朝阳印刷厂有限责任公司

经 销：全国新华书店

开 本：670mm×980mm 1/16

印 张：11 字数：140 千字

版 次：2017 年 7 月北京第 1 版

印 次：2017 年 7 月北京第 1 次印刷

定 价：32.80 元